Marie Desplechin

Une vague d'amour sur un lac d'amitié

l'école des loisirs
11, rue de Sèvres, Paris 6e

Loi n° 49.956 du 16 juillet 1949 sur les publications
destinées à la jeunesse : avril 1995
Dépôt légal : septembre 2018
Imprimé en France par Gibert Clarey Imprimeurs
à Chambray-lès-Tours (37)

ISBN 978-2-211-23873-1

1

Où je ne dors pas et où je trouve qu'aimer est une activité plutôt décevante

– Comment ? C'est encore allumé ?

D'une main, j'ai glissé mon livre sous la couette. De l'autre, j'ai écrasé l'interrupteur dans ma paume moite. La tête sur l'oreiller, raide comme une bûche, j'ai fermé les yeux. Il ne m'avait pas fallu plus de deux secondes pour réagir. Mais, hélas, c'était encore deux secondes de trop.

Ma mère a poussé brusquement la porte de ma chambre. Sa silhouette implacable s'est dessinée dans la lumière du couloir. J'ai pensé à Nosferatu. À son ombre géante de vampire en pardessus. Mais je n'ai rien dit.

Habilement, j'ai voulu tromper l'ennemi. Un léger ronflement s'est discrètement envolé de mes lèvres… En vain. J'ai senti une présence tiède penchée juste au-dessus de moi. Quand j'ai rouvert les paupières, la tête ronde était penchée sur mon petit visage coupable. J'ai écarquillé des yeux de chouette. Ma mère a eu la preuve que je ne dormais pas, mais alors pas du tout.

Elle a tiré le drap de ma couette et exhumé le livre que j'avais posé sur mon ventre, à plat pour ne pas perdre la page. Une pétarade frénétique m'a explosé aux oreilles :

– Tu lis ? Encore ? Tu as vu l'heure ? Tu crois que c'est raisonnable ? Tu espères être en forme demain ?

Les questions s'enchaînaient sans attendre de réponse. Exactement comme s'il ne s'agissait pas de questions, mais d'autant de coups de bâton assenés sur mon crâne fragile. Pourtant, à chacune j'aurais pu répondre. Ce qui aurait donné à peu près :

– Oui. Oui. Oui. Non. Non.

À quoi bon, n'est-ce pas ? Alors, abandonnant

toute discussion, j'ai agi selon mon cœur. Je l'ai attrapée par les oreilles, j'ai baissé le maternel visage vers ma face de belette et je lui ai bramé dans le nez :

– Est-ce que tu m'aimeuh ?

D'un geste des épaules, elle a dégagé sa tête de mon emprise démoniaque. Elle était surprise. Elle a fait un pas en arrière.

– Ça suffit, m'a-t-elle dit, ce n'est pas la question.

– Oui, mais quand même, ai-je insisté. Est-ce que tu m'aimes ?

– Bien sûr que je t'aime, a-t-elle répondu en secouant la tête de droite à gauche, avec ce mouvement qui dit parfois oui, mais qui veut généralement dire non. Puisque je suis ta mère. Voilà pourquoi je veux que tu dormes. Gare à toi si je te reprends la lumière allumée.

Je suis retombée sur mon matelas comme une crêpe mal cuite s'affaisse au fond d'une poêle. Elle a tourné le dos.

– Bonne nuit, ai-je lancé à la porte, dors bien, laisse un peu de lumière s'il te plaît…

Mais bien sûr elle avait déjà éteint la lampe dans le couloir. J'ai attendu quelques minutes que son pas s'éloigne puis j'ai doucement approché ma lampe de mon oreiller. À moitié dissimulée par l'oreiller et la couette, la lumière ne se remarque pas du couloir. Et devinez ce que j'ai fait ? Eh bien j'ai repris mon livre, j'ai retrouvé ma page, et j'ai recommencé à lire.

Si j'en avais eu le courage, je serais sortie de mon lit, je l'aurais pourchassée dans le couloir et je lui aurais demandé :

– D'accord, mais est-ce que tu m'aimes VRAIMENT ?

Mais j'ai onze ans, et je sais qu'on n'obtient pas grand-chose à s'obstiner bêtement au milieu de la nuit. Au mieux, je me serais entendu dire :

– Enfin oui évidemment, je t'aime vraiment ! Calme-toi maintenant et va te recoucher.

J'ai préféré me remettre à lire. Avez-vous déjà remarqué que l'amour est très différent de la pâte d'amandes ? Imaginez que vous vouliez très fort de la pâte d'amandes. Vous demandez poliment :

– Je peux avoir de la pâte d'amandes ?

– Mais oui bien sûr, vous répond l'adulte de service.

Vous vous servez. Vous mangez. Vous en reprenez un peu, pour voir. Délicieux. Vous vous gavez comme un pourceau. Et que notez-vous au bout d'un moment ? Vous notez que la question de la pâte d'amandes ne se pose plus. Du moins tant que vous n'avez pas digéré cet amas sucré qui vous écrabouille l'estomac. Vous êtes tranquille.

Prenez maintenant l'amour. Vous demandez poliment :

– Est-ce que tu m'aimes ?

– Mais oui bien sûr, vous répond l'adulte de service.

Vous êtes bien avancé. Car que notez-vous ? Que vous n'avez rien de plus. Que la question de l'amour se pose toujours.

– Tu m'aimes comment ? demandez-vous alors, en espérant une réponse qui ait la consistance de la pâte d'amande.

– Quelle question ! lance l'adulte de service qui a le plus souvent autre chose à faire (essorer la salade, téléphoner à l'assurance, signer votre bulletin, au choix). Je t'aime beaucoup, voilà.

Éprouvez-vous un sentiment de satisfaction ? Moi, pour ma part, pas du tout. Tout le monde répond mécaniquement aux enfants. Autant mettre cinq francs dans une machine qui, au lieu de vomir une araignée rose en plastique mou, vous dirait de sa voix synthétique :

– Mais oui mon chéri évidemment je t'aime. Crouic, crouic. Je t'aime, crouic. Je t'aime, plong, plong…

Les adultes ne font aucun effort pour apporter de vraies réponses aux vraies questions des enfants. Ils préfèrent les questions qui ne méritent pas de réponses, et les réponses qui n'ont pas besoin de questions.

Exemple de question sans réponse :

– Tu seras très gentille avec cette pauvre Tante Adèle qui a eu tellement de malheurs, n'est-ce pas ?

Inutile de se fatiguer à articuler, la réponse est « oui ». Il serait dangereux de répondre :

– Non, je serai odieuse car elle est méchante et je la hais.

Exemple de réponse sans question :

– Eh bien oui, j'ai énormément travaillé au collège et j'aimerais que tu en fasses autant si tu ne veux pas finir à la rue sans emploi.

Aviez-vous posé une question ? Non, ne cherchez pas : vous n'aviez rien demandé. Ce qui n'était pas une raison pour ne pas vous répondre…

Je rêve parfois la nuit de réponses à la saveur d'amande. Je suis dans un jardin rempli de rosiers grimpants et de buissons de lilas. J'avise un adulte qui bine paisiblement un carré de fraisiers. Je me plante derrière lui, les mains dans les poches de ma robe, et je lui demande :

– Dis donc, toi, est-ce que tu m'aimes ?

Il se relève et se retourne vers moi.

– C'est une bonne question, dit-il avec un regard intéressé. Je suis content(e) que tu me l'aies posée aujourd'hui. L'amour est une chose compliquée, vois-tu, et je me demande parfois si je t'aime comme tu le mérites. Connais-tu l'expression « aimer quelqu'un comme la prunelle de ses yeux » ?

Et ainsi de suite… Nous allons nous asseoir tous les deux sur un petit banc de jardin pour causer à notre aise. Toute une merveilleuse conversation pourrait s'ensuivre, expliquant le pourquoi et le comment de cet amour. Et la question ne se poserait plus pour un certain temps.

Évidemment, ce n'est qu'un rêve, le jardin, les fraisiers, la discussion et tout ça.

2

Où je fais la connaissance d'une personne formidable

– *Repeat after me…*

J'ai commencé à étudier l'anglais cette année.

– *My name is Suzanne and I am eleven.*

Je m'appelle Suzanne et j'ai onze ans. Je suis donc une élève de sixième. J'aime la sixième, j'aime ma carte de sortie et tous ces professeurs qui mettent si longtemps à retenir nos noms en début d'année. J'aime aller terminer dans une salle le sommeil si généreusement commencé dans une autre. J'aime apprendre à parler une nouvelle langue. Justement, j'en avais un peu marre de la mienne.

Je crois que je suis la seule à être contente. Autour de moi, dès l'année dernière, ils se sont tous affolés. Le collège terrorise les adultes. C'est une chose à savoir. J'ai cherché un moment ce qui leur faisait si peur. Puis j'ai fini par comprendre.

– Si tu n'as pas de très bons résultats, m'a lancé ma mère un soir, tu ne seras pas prise dans un bon lycée, tu ne pourras pas faire de bonnes études et tu ne trouveras pas de travail.

– Ah, j'ai dit. À quel âge on commence à travailler ?

Elle a eu une moue hésitante :

– Entre vingt-deux et vingt-cinq ans, dans ton cas.

J'ai calculé dans ma tête.

– Donc quand j'aurai vécu plus de deux fois ma vie. Deux fois tout le temps mis pour apprendre à marcher, à parler, à lire, à nager… Deux vies de Suzanne à avoir peur du collège, peur du lycée, peur du bac, peur des études et peur du chômage.

– Ne te moque pas, a dit ma mère, il faut être vigilant. Les années passent vite. Et plus on vieillit, plus il devient difficile de rattraper le temps qu'on a perdu.

J'ai éprouvé comme un sentiment d'écœurement, quelque chose entre l'envie de vomir et la sensation de vertige.

– Oh, oh, ai-je grommelé entre mes dents, je crois qu'il serait plus simple de renoncer dès maintenant à travailler un jour. J'y gagnerais une vie complète à perdre mon temps. J'en profiterais pour lire tous les bouquins de la bibliothèque.

– Qu'est-ce que tu dis ? a demandé ma mère.

– Rien, j'ai dit. Je réfléchissais à ce que j'allais faire maintenant.

– Avance ton travail pour la semaine prochaine, a dit Maman.

– D'accord, j'ai dit. J'y vais.

J'ai filé dans ma chambre, j'ai fermé la porte, je me suis allongée sur mon lit et j'ai sorti mon livre de dessous mon oreiller.

Mon travail pour la semaine prochaine attendra la semaine prochaine. Les parents sont des gens inquiets et leur inquiétude est souvent aussi inutile qu'encombrante.

Cela dit, pour être juste, je dois avouer qu'il y a quelques bénéfices à tirer de l'affolement parental. Sous la pression des événements, un parent peut consentir à des sacrifices inattendus. Les miens, très impressionnés par l'importance de l'anglais, se sont mis en tête de me trouver une *baby-sitter* garantie d'origine.

– Qu'est-ce que tu dirais de discuter deux ou trois fois par semaine avec une étudiante anglaise ? m'a demandé ma mère. Elle pourrait venir te garder à la sortie des cours, te parler en anglais et tu en profiterais pour faire de grands progrès.

– Formidable, j'ai dit.

Et je trouvais cette idée vraiment formidable. Sur le théâtre de mon imagination a commencé un fantastique défilé de possibles silhouettes anglaises. Une jeune fille rousse en jupe écossaise et chemisier blanc ? Une punkette aux cheveux verts et veste de vinyle noir ? Une princesse au brushing blond et aux yeux bleus ? Une étudiante au visage indien, un troisième œil de fard rouge peint sur le front ?

J'hésitais, je rêvassais. Je me demandais si cette

jeune personne deviendrait une amie ou un cauchemar. Bref, je l'attendais. Et puis, quinze jours après la rentrée, c'est arrivé.

Je lisais, mollement vautrée sur mon lit, quand un cri familier m'a électrisée des pieds à la tête.

– Suzanne! a appelé ma mère. Suzanne!

J'ai posé mon livre à plat sur la tranche, je me suis levée et je l'ai rejointe au salon.

– Suzanne, m'a-t-elle dit quand je suis entrée, je te présente la personne qui va t'aider à travailler ton anglais le mardi et le jeudi soir.

– Oui, ai-je dit en cherchant des yeux la jeune fille partout dans la pièce.

Je ne voyais pas de qui elle voulait parler, quand tout à coup mon regard s'est arrêté sur quelque chose d'inhabituel dans le décor: un grand garçon aux cheveux courts et noirs qui me fixait d'un air bonasse.

– *Hello* Suzanne, a-t-il dit.

Il a souri largement en me montrant d'un seul coup un nombre invraisemblable de dents. Ce type devait avoir environ cent cinquante dents. Interloquée, je me suis retournée vers ma mère:

– C'est la jeune fille ? ai-je demandé.

– Ne sois pas stupide, voyons, m'a répondu ma mère, c'est le jeune homme envoyé par l'Alliance française. Il est anglais et il se nomme Tim.

– *Hello* Suzanne, a répété Tim en entendant son nom.

Il a souri à nouveau mais il semblait assez mal à l'aise. Il se dandinait, balançant d'un pied sur l'autre sa longue figure blanche et ses yeux ronds comme des pièces de dix francs. Allait-il répéter *hello* chaque fois qu'il entendrait son nom ?

– Tim ? ai-je dit pour vérifier.

– *Hello*, a-t-il dit en se penchant vers moi pour me serrer la main.

Formidable. J'adorais ce type qui répétait *hello* à tout bout de champ. Je lui ai pris la main et je lui ai souri à mon tour.

– C'est bien, Suzanne, tu peux retourner dans ta chambre, a dit ma mère en interrompant cette étonnante rencontre. Tim viendra te chercher demain à la sortie de l'école. Maintenant j'aimerais discuter un peu seule à seul avec lui de quelques questions d'organisation. Asseyez-vous, Tim, lui dit-elle tandis que je sortais de la pièce.

– *Hello* Tim, ai-je lancé en refermant la porte derrière moi.

– *Bye-bye* Suzanne, m'a-t-il répondu.

Merveilleux : il ne disait pas seulement *hello*, il disait aussi *bye-bye*. J'espérais de tout mon cœur que nous allions nous entendre, tous les deux.

Ce soir-là, ma mère avait l'air assez satisfaite d'elle-même.

– J'ai trouvé un étudiant très bien pour aider Suzanne à travailler son anglais, a-t-elle dit à mon père quand il est revenu de son travail.

– Ah oui ? a remarqué mon père en ôtant son imperméable. Quel âge a ce garçon ?

– Dix-neuf ans.

– Et qu'est-ce qu'il étudie à Paris ?

– Il est inscrit en faculté de littérature française, a répondu ma mère.

– Très bien, très bien, a dit mon père en sortant le journal de la poche de son imperméable et en s'asseyant au salon. Suzanne va bien ?

– Oui, j'ai dit en entrant dans le salon, bonsoir Papa.

– Bonsoir Suzanne, a dit Papa en collant un léger baiser sur mon front.

J'étais déjà en pyjama et je m'étais brossé les dents. Mon père revient toujours tard de son travail. Il est rarement là en fin de semaine, à cause du travail, ou parce qu'il saute en parachute. C'est son sport préféré. Souvent, je ne l'entends pas rentrer le soir. Je suis déjà endormie. Souvent aussi Maman sort dîner avec lui au restaurant. Maintenant que j'ai onze ans, ils ne me commandent plus de *baby-sitter*. Ils ferment la porte de l'appartement à double tour et je me garde toute seule.

J'aime beaucoup mon père. Il m'emmène parfois au cinéma. Pour mon anniversaire par exemple. Et il a toujours l'air content de me voir. Quand il me voit, bien sûr.

– Bonjour Suzanne, me dit-il en me passant la main dans les cheveux.

J'adore qu'il me passe la main dans les cheveux.

– Tout se passe bien à l'école ? Il paraît que tu as de bons résultats ?

On aura reconnu là une question sans réponse. Je ne réponds donc pas. Je me contente de rester un moment à côté de lui. Puis je retourne à mes occupations personnelles. Mon père n'est pas du tout le genre de parent à qui je bramerais sous le nez :

– Est-ce que tu m'aimeuh ?

Je n'oserais pas. Je pense qu'il ne comprendrait même pas la question. Il lèverait les yeux de son journal, très étonné, et il me regarderait.

– Pardon ? dirait-il sans doute, tu me demandais quelque chose, Suzanne ?

– Oh non, répondrais-je probablement, rien du tout. Je chantonnais.

Pour une fois, je n'ai pas lu très longtemps dans mon lit. J'ai préféré éteindre la lumière et penser un long moment à Tim qui viendrait me chercher à la sortie de l'école pour me parler anglais. Tim est le premier jeune homme dont je fais la connaissance. Pourvu que nous soyons amis.

3

Où Tim devient mon ami

Tout de suite, Tim est devenu une personne importante dans ma vie. Je ne compte pas tellement de personnes importantes. Par exemple, j'ai beau réfléchir, je ne me trouve pas d'amis.

– Tu ne veux pas inviter quelques amis pour venir jouer avec toi samedi ? me demande parfois ma mère. Tu passes tout ton temps vautrée sur ton lit. Il est temps que tu te fasses des amis de ton âge, tu ne crois pas ?

Je ne réponds pas à la question sans réponse. Elle me regarde alors avec une petite grimace dégoûtée.

– Tu préférerais peut-être que je t'inscrive dans un club de sport ?

Voilà une vraie question à laquelle je me dépêche de répondre :

– Non non, merci, je n'ai pas très envie de faire du sport. Je n'ai plus le temps, j'ai trop de travail de classe.

Je connais la musique. Il y a deux ans, je suis allée dans un cours de danse. Ma mère pensait que la danse me ferait du bien.

– Si, avait-elle insisté, tu seras plus gracieuse.

– Et si tu arrêtais de m'envoyer chez ce coiffeur qui me coupe les cheveux à un millimètre du crâne ?

– Ah ça non, avait répondu ma mère, tu as les cheveux trop fragiles : il faut les couper très court pour les renforcer.

Me voilà donc plantée en short et en maillot dans une grande salle au plancher de bois, au milieu d'un tas de filles très énervées sautant comme un troupeau de puces. Il fallait suivre cette sarabande de dingues. Je me levais et m'asseyais frénétiquement, je secouais les jambes en cadence. J'avais perdu toute ma personne. J'étais transformée en pantin mécanique, agitée follement par les cris brefs du professeur. J'étais ridicule. J'avais mal dans tous les muscles. J'avais chaud. Je respirais difficilement. En vérité, planquée au dernier rang près de la porte, je suffoquais de rage.

– Un peu de bonne volonté, Suzanne ! hurlait soudain le professeur.

Toutes les petites filles cessaient alors de sauter sur place pour se retourner vers moi.

– Je suis sûre que tu peux attraper tes pieds avec le bout de tes doigts…

J'étais là, les bras ballants, la gorge sèche.

– Non, murmurais-je, je n'arrive même pas à toucher mes genoux.

– Fais un effort, voyons, criait le professeur. Viens devant moi au premier rang.

J'avançais, avec une terrible envie de disparaître vissée au ventre. Pour me faire un passage, les petites filles s'écartaient devant moi, comme si j'avais eu la peste. Elles repoussaient leurs cheveux sur leurs visages rougis par l'effort. Leurs yeux brillaient d'un éclat métallique. Le cours recommençait.

– Tiens-toi droite, criait le professeur. Lève la

tête. Sors la poitrine. Respire. Plus bas. Plus haut. Plus vite. Plus droit.

Sincèrement, j'aurais préféré être envoyée en enfer – et j'y serais allée en chantant de reconnaissance – plutôt que subir le cours de danse du mercredi après-midi. Au fur et à mesure des semaines, mon dos se voûtait plus profondément, ma tête rentrait dans mes épaules, mes omoplates saillantes engloutissaient mon cou.

Je me regardais dans le miroir de la salle de bains. J'avais l'air d'un gnome, j'étais bossue.

– Si ça continue, pensais-je, il va me venir des ailes. Elles sont sûrement en train de pousser dans mon dos.

Je me passais la main dans le cou en baissant la tête.

– Ce seront des ailes immenses, je vais devenir un ange et je pourrai m'envoler.

Ma mère a fini par constater que, loin de faire de moi une personne gracieuse, le cours de danse me ratatinait de semaine en semaine.

– Mon Dieu, ce que tu peux être gauche, disait-elle tout le temps.

Elle a laissé tomber, je n'ai pas été réinscrite. J'ai pu retourner tranquillement à la bibliothèque le mercredi après-midi avant d'aller fainéanter chez ma grand-mère.

C'est alors que ma mère a commencé à vouloir m'inviter des amis.

– Samedi, disait-elle, invite tes amis samedi. J'appellerai leurs parents si tu veux.

– Je n'ai pas d'amis, répondais-je.

– Tout le monde a des amis enfin…

– Peut-être, disais-je, tout le monde sauf moi.

Mais ma mère n'est pas femme à renoncer sans avoir exploré toutes les ressources du possible.

– Voyons, réfléchis, il y a bien une petite fille ou un petit garçon avec qui tu t'entends bien ?

Je me mettais à réfléchir profondément. Plus je réfléchissais, plus je détestais les filles prétentieuses avec lesquelles j'allais en classe. Quant aux garçons, je n'arrivais même pas à me souvenir de leurs visages ni de leurs noms. J'avais autant de sympathie pour eux que s'ils avaient été des chrysalides, ou des poissons.

– Alors ? susurrait ma mère, une petite note d'espoir dans la voix.

– Non, vraiment, disais-je, je ne vois personne. L'année prochaine, peut-être, quand je serai plus grande…

Ma mère me lançait un dernier regard déçu et abandonnait la discussion. Quel mal y a-t-il à aimer la solitude ? Je ne fais rien de mal après tout. Je regarde par la fenêtre, j'invente des histoires devant la glace de la salle de bains, je rêve que je suis en Inde, je me promène dans l'appartement et je lis des livres.

Pourtant, dans ma vie solitaire, Tim est devenu mon ami. Comme prévu, il est passé me chercher à la sortie de l'école les mardis et les jeudis. Comme prévu, nous nous sommes mis à bavarder gaiement. Ce qui n'était pas prévu, en revanche, c'est que nous avons parlé en français, et uniquement en français.

Nous avons bien essayé de parler anglais, mais ça ne marchait pas du tout. Avez-vous déjà essayé de faire la conversation dans une langue que vous ne connaissez pas ? Parfaitement impossible.

Car en vérité, après deux mois de cours, j'étais loin de parler l'anglais. J'étais bien capable de poser quelques questions et même d'y répondre. Je pouvais demander à quelqu'un son nom, sa nationalité, et le nom de ses amis. Je pouvais aussi lui demander l'heure. Chaque fois que je le voyais, je demandais d'ailleurs à Tim de me donner l'heure.

– *What time is it,* Tim ?

Mais il était toujours cinq heures et quart, puisque je sortais à la même heure les mardis et les jeudis et puisque Tim était un garçon ponctuel.

Au début, Tim a bien tenté de me poser d'autres questions, mais je ne comprenais pas un traître mot de ce qu'il me disait. Quant à moi, je ne possédais aucun des mots nécessaires pour lui raconter les innombrables petites choses qui me passaient par la tête quand il était avec moi.

– *Do you speak french* ? a fini par me demander Tim.

Parlez-vous français : voilà au moins une question que je pouvais comprendre.

– *Yes I do*, ai-je donc répondu.

– *Wonderful*, a remarqué Tim avec enthousiasme, laisse tomber l'anglais. Tu m'apprends plutôt le français que je dois savoir aussi.

– Si tu veux, ai-je dit à Tim. Je serai ton professeur de conversation française.

– Merci énormément, a dit Tim, voulez-vous un pain pour ton goûter ?

Deux fois par semaine, nous nous sommes contentés de relire ensemble les cours d'anglais, pour l'accent. Nous avions terminé au bout de dix minutes et nous pouvions parler d'autre chose. Ce qui ne m'empêchait pas, quand j'étais seule, d'apprendre mes leçons sur le bout des doigts. Si je voulais garder Tim, il fallait en effet que je prouve à mes parents que leur initiative était la bonne. Il fallait que je sois excellente en anglais. Je me débrouillais donc pour ne pas descendre en dessous de 17.

Ainsi, jusqu'à ce que ma mère revienne du travail, nous discutions en français. Je parlais à Tim de mon école, des livres que je lisais, des rêves que je faisais parfois, avoir des ailes ou aller habiter en Inde. Tim était un remarquable compagnon, posant de très bonnes questions.

– Qui est ce criminel qui est sorti avec toi de l'école ? demandait-il par exemple.

– Le grand monsieur avec des lunettes et un blouson vert ?

– Voui, celui-là.

– C'est monsieur Lacquet, mon professeur de mathématiques.

– Il n'est pas un professeur, disait Tim en fronçant le visage. Il est un dangereux assassin. Je crois que tu dois arrêter la mathématique. Je vais le notifier à ce bon *policeman* qui garde la rue.

Il se dirigeait alors vers l'agent de la circulation en hurlant :

– *Sir*! *Sir*…

Je le suivais en riant.

– Non Tim, non, tu vas avoir des ennuis.

Alerté par les cris, le policier tournait la tête vers nous et Tim se précipitait sur lui pour lui demander :

– Avez-vous la gentillesse de m'indiquer une boulangerie je vous supplie ?

Nous achetions des pains au chocolat, deux pour lui et un pour moi, et nous rentrions à la maison. Tim faisait chauffer de l'eau, nous préparait deux bols de thé au lait et s'asseyait en face de moi à la table de la cuisine.

– Voyons mademoiselle, parle-moi de la vie en Inde, me disait-il.

Il me demandait aussi :

– Quel nouveau livre avons-nous lu et pouvons-nous le prêter à un pauvre étudiant anglais chassé de son pays ?

Un soir, il est arrivé à l'école en brandissant à bout de bras un paquet emballé dans du papier cadeau.

– Je l'ai acheté à toi ce matin, péronnelle.

J'ai sauté pour attraper le paquet.

– On dit « je te l'ai acheté », espèce de cancre. Et donne-moi mon cadeau.

– Qu'est-ce « cancre » ? a demandé Tim en me tendant le paquet. Une insecte ?

J'ai arraché le papier. C'était un livre. Un livre de Rudyard Kipling, intitulé *Simples contes des collines*.

– Il est en anglais ? ai-je demandé un peu déçue.

– Pas du tout en anglais, mademoiselle cancre, a souri Tim. Il est traduit en français. C'est un ouvrage pour la lecture, pas pour la leçon. Pour toi, je le lirai un petit tous les soirs.

– Un petit peu, Tim. Oh ! merci beaucoup.

Tim m'a regardée d'un air très sérieux.

– Ce livre est notre livre car il est écrit par un Anglais qui raconte la vie en Inde. Nous allons apprendre de nombreuses choses utiles. Allons acheter quelques petits peu pains désormais.

– Quelques petits pains, Tim.

Tim était très grand, il faisait presque deux fois ma taille. Mais nous nous entendions merveilleusement bien. Même quand nous ne parlions pas. Il arrivait qu'il soit très fatigué et qu'après le goûter il soit saisi d'une terrible envie de dormir.

– Acceptez-vous la sieste, péronnelle ? demandait-il.

Comme je hochais la tête, il ajoutait :

– Réveille-moi avant le retour de madame Mère car je crois que si elle me voit endormi elle devinera que nous ne parlons pas anglais.

Tim se recroquevillait sur mon lit trop petit et sombrait aussitôt dans un profond sommeil. Moi, je me nichais contre lui, j'ouvrais un livre et je lisais, appuyée sur un coude, en surveillant l'heure du coin de l'œil. Je terminais ainsi les *Simples contes des collines*, puis je lus *Kim*, *Le Livre de la jungle*, *Les Histoires comme ça* pour les enfants.

– Eh bien, mademoiselle, remarqua à cette occasion la bibliothécaire qui était une fine mouche, on aime Rudyard Kipling ?

Question sans réponse. Je me contentai de sourire nerveusement. Quand j'y réfléchis, je me dis que je n'ai pas appris un seul mot d'anglais avec Tim. Par bonheur, ma mère n'y a vu que du feu.

– Quel garçon sympathique et bien élevé, remarquait-elle de temps en temps après qu'il eut fermé la porte derrière lui en prenant bien soin de ne pas la claquer. Avez-vous bien travaillé ce soir ?

– Nous avons révisé toutes les leçons de la semaine, disais-je.

Ce qui était évidemment un grossier mensonge, mais un mensonge nécessaire. J'aurais fait n'importe quoi pour garder mon seul ami. Rien de plus normal, après tout. J'imagine que mes parents auraient été contents d'apprendre que j'avais enfin trouvé un ami.

4

Où Tim répond à une question importante

Un mardi soir, en sortant de l'école, Tim m'a fait un vrai chagrin. J'avais à peine passé la porte du collège qu'il s'est penché vers moi.

– Comment s'appelle cette étonnante petite fille blonde qui était juste à côté de toi ? Est-elle une amie ?

Je me suis retournée et j'ai aperçu Nathalie Pinson, de dos, ses insupportables cheveux longs flottant sur les épaules et sa veste neuve en daim rouge.

– C'est Nathalie Pinson, ai-je dit à contre-cœur.

– Elle est une jolie petite fille, a remarqué Tim.

– Je la déteste, ai-je lancé à voix basse. C'est une frimeuse. Elle sait toujours tout mieux que les autres, elle a toutes les semaines des vêtements neufs, elle part sans arrêt en vacances au soleil. Forcément, ses parents sont pleins d'argent et ils la laissent faire tout ce qu'elle veut.

La remarque de Tim m'avait mis les larmes aux yeux et coupé la voix. J'ai continué à marcher à côté de lui sans plus rien dire, les yeux rivés au sol.

Voilà, je haïssais Nathalie Pinson et ses airs de princesse propriétaire. Je détestais sa façon de baisser la tête avec un petit sourire, en se passant la main dans les cheveux.

Pourquoi, parmi toutes les filles de l'école, les grandes et les petites, les brunes et les blondes, les maigres et les grosses, Tim avait-il arrêté son regard sur elle ? Les Nathalie Pinson méritent-elles toujours l'attention de ceux que nous aimons, tandis que nous glissons dans l'ennui et l'indifférence ? Le monde est-il à ce point injuste et désespéré ?

– Alors, miss Suzanne, dit Tim après quelques secondes de silence, tu me fais une grosse tête ?

Je ne lui répondis pas, j'étais trop triste. Il s'est arrêté et m'a contemplée d'un air incrédule. Puis il a eu une petite grimace moqueuse.

– Je sais ce qui te triste, espèce de fille. Te voici jalousse maintenant, n'es-tu pas ?

Je levai la tête et lui lançai un coup d'œil de rage intense. Je souhaitais en même temps de toutes mes forces qu'il se transforme en statue de pierre, ou en rat pouilleux, ou qu'il disparaisse à jamais, ou qu'il file retrouver Nathalie Pinson et qu'ils attrapent la gale et la mélancolie, tous les deux.

– On dit « jalouze », et pas jalousse. Et je ne suis pas jalouze. Je m'en fiche complètement de cette fille.

Tim a haussé les épaules.

– Tu ne t'en fiches de rien du tout, menteusse. Reste à ta place et attends-moi.

Il m'a laissée et s'est mis à courir dans la rue. Je l'ai suivi des yeux, je l'ai vu rattraper Nathalie Pinson, la dépasser, se retourner comme s'il avait oublié quelque chose, hésiter un instant, puis revenir vers moi à toutes jambes.

– Je l'ai regardée en face, me dit-il avec un grand sourire, Nathalie Pinson est hideuse. Son œil est rond, sa voix est la voix du crapaud, sa veste est une exagération, ses pieds sont des pieds de canard. J'ignore Nathalie Pinson, je la déméprise. Jamais plus je ne la vois, je te le promets. Viens au pain avec moi, tu es la plus belle créature.

Cette fois, j'essuyai pour de bon une larme qui me dégringolait sur le nez.

– Eh Tim, lui demandai-je, est-ce que tu m'aimes ?

Il s'arrêta à nouveau comme s'il avait reçu la foudre sur la tête et me regarda fixement.

– Voilà une question pleine de bon sens, dit-il. Je prends le temps de répondre. Venez au café avec moi, péronnelle, et je vous discute.

– D'accord, j'ai dit, je commanderai un chocolat froid.

Tim a pris mon cartable et nous avons cherché un café qui ait l'air sympathique. Nous en avons trouvé un, tables de bois et bar en zinc, Tim a retourné ses poches pour compter son argent et nous nous sommes assis l'un en face de l'autre.

– Rappelez-moi la question, a demandé Tim avec un air très sérieux.

– La question était : « Est-ce que tu m'aimes », dis-je en rigolant.

La gravité de Tim rendait soudain très joyeuses les interrogations un peu tristes.

– Vous êtes une petite jeune fille de onze ans, me dit-il, et je suis un étudiant âgé de dix-neuf ans. Je ne peux pas du tout vous épouser, buvez votre chocolat je vous supplie. Je ne peux pas vous adopter non plus car vous avez un père qui fait du parachute, ne bavez pas sur votre gilet de laine merci. Mais je déclare que je vous aime à ma mesure car vous êtes à mon œil la plus merveilleuse péronnelle du monde. Ne m'interrompez pas la parole déjà, je vais avancer des raisons d'amour. Vous lisez Rudyard Kipling, vous avez un tendre visage et de beaux regards, vous riez très bien et vous cachez mes siestes. Aussi bien je vous demande : si votre mère me chasse pour défaut de conversation, voulez-vous rester mon amie ?

– Oui oui Tim, dis-je. Je donnerai des cours de français à tes enfants quand tu seras marié.

– Non par pitié, dit Tim. Tu passerais ton temps à lire dans leur chambre au lieu de les faire travailler. Je préfère que tu promettes de venir me faire la conversation à moi, quand je serai retourné en Angleterre.

– D'accord, ai-je dit.

– Très bien, a fait Tim. À toi maintenant, est-ce que tu m'aimes ?

Je me suis reculée sur ma chaise et j'ai fixé un bon moment le bout de mes souliers. Certainement, je l'aimais ce Tim. Mais impossible de lui dire un tout petit : « je t'aime Tim ». Les mots me semblaient bien trop grands et bien trop lourds pour moi. Ma langue restait collée à mon palais et ma bouche muette.

– Eh bien ? a fini par s'inquiéter Tim. On ne me dit aucune chose ?

J'ai fait une petite grimace désemparée.

– Je n'y arrive pas.

– N'affole pas, dit Tim en souriant. Je ne demande pas le grand sentiment de la fiancée amoureuse. Je demande le sentiment léger de l'amie sincère.

– Bon alors oui, ai-je dit, bien sûr que je t'aime. Quelquefois je pense que tu es mon seul ami.

– *Wonderful*, a dit Tim, j'aime le sentiment. Maintenant que nous nous aimons ainsi, rentrons à la maison faire un peu de lecture.

Tim a payé nos chocolats en tirant des pièces de monnaie de toutes ses poches. Nous sommes repartis côte à côte en silence.

– J'aime beaucoup tes questions, a remarqué Tim au bout d'un moment, recommence quand tu veux.

– Tim, tu es bon comme la pâte d'amandes, lui ai-je répondu.

– Mademoiselle, vous êtes folle comme le sachet de fraises Tagada.

De retour à la maison, nous avons joué aux dames pendant une heure et Tim a essayé de m'apprendre à jouer aux échecs. En vain. Je n'arrive pas du tout à m'intéresser aux échecs. On ne peut pas tout réussir dans la vie.

Ce soir-là, alors que je prenais mon bain, ma mère m'a adressé la parole par la porte de la salle de bains entrouverte.

– Que devient la petite Pinson ? m'a-t-elle demandé. Je croise parfois sa mère au bureau. La fille est-elle toujours aussi brillante ?

– Je pense que tu n'aimerais pas du tout son genre, ai-je répondu. Elle sort toujours avec des grands de troisième, elle n'arrête pas de changer de vêtements et elle porte ces vestes en daim que tu trouves vulgaires pour les enfants. Je ne crois pas qu'elle sera très forte au collège si elle continue comme ça. Elle est même venue un matin en classe avec les yeux maquillés…

À ce moment, ma mère est entrée dans la salle de bains. J'ai tiré le rideau de douche pour me cacher. Je n'aime pas qu'on me voie quand je suis dans mon bain. À l'abri derrière le rideau, j'ai entendu sa voix qui disait :

– Ne dis pas trop de mal de cette fille, Suzanne. Tu adorerais être comme elle, n'est-ce pas ?

J'ai passé la tête derrière le rideau et je l'ai vue qui se regardait dans la glace en souriant. Son sourire était plein d'une froide moquerie. La veille encore, je crois qu'il m'aurait donné envie de pleurer. Mais, ce soir-là, il me donnait plutôt envie de rigoler.

– Nathalie Pinson, ai-je dit, a l'œil rond et la voix du crapaud. Je l'ignore et je la déméprise. Mais je crois que ma mère aimerait l'avoir pour fille.

– Tu dis des sottises, a dit ma mère en sortant de la salle de bains. Dépêche-toi de terminer ta toilette, il est l'heure de passer à table.

5

Où ma grand-mère m'offre une carafe pour mon mariage

Le samedi suivant, mon père partait faire du parachute et ma mère l'accompagnait. Je suis donc allée dormir chez ma grand-mère. J'y passe souvent les fins de semaine, et les mercredis après-midi. Je suis toujours contente de m'installer dans sa maison aux sols de carrelages colorés, aux murs et aux plafonds peints de décors de lacs et de nuages. Même les vitres des portes et des fenêtres sont gravées de dessins soigneux. Par transparence, on voit ainsi un héron qui pêche une grenouille dans un marais, ou deux enfants qui cueillent des cerises dans un verger. La maison de ma grand-mère est une petite maison, mais c'est une maison de rêve.

– Ta naissance a été le premier grand bonheur que j'aie connu après la mort de mon mari, dit souvent ma grand-mère.

– Ah bon, je dis, merci.

Je n'ose pas lui demander si je lui plais encore onze ans plus tard, moi qui lui plaisais tant à la naissance. Je ne cherche pas les déceptions.

Ce que j'aime particulièrement chez Mamie, c'est que je peux dormir à côté d'elle. Son lit est large et chaud. Protégée par de pesants rideaux de velours, sa chambre est noire comme le cœur profond de la nuit. Là, bercée par le bruit assourdissant du réveil, je ne traîne jamais pour m'endormir. Je sombre dans le sommeil avec gourmandise, comme une bille de verre plonge dans un sac de plumes.

J'aime aussi le matin quand elle se lève dans sa longue chemise de nuit. Elle ouvre la porte de la salle de bains et le soleil entre dans notre tombeau de nuit comme une poussière de lumière, un faisceau droit de rayons triomphants. On entend dehors un pigeon roucouler et un coq lui répondre. L'air sent le café, le tabac et le coton.

– Petit déjeuner, mon chéri ? me demande-t-elle.

Je saute du lit dans la chemise de nuit rose beaucoup trop grande qu'elle m'a donnée. Je dégringole l'escalier en tenant les pans de tissu à pleine main et je vais m'asseoir à la table de la cuisine. Devant moi, Mamie pose un grand bol de lait teinté de café et un tas de tartines beurrées. Elle s'assied à côté de moi et elle se sert à son tour un grand bol de café noir qu'elle boit en fumant sa première cigarette. Complètement ébouriffées, nous déjeunons en écoutant vaguement les informations à la radio. Pour moi, tout ça ressemble au bonheur.

Dimanche matin, alors que je trempais ma tartine dans un bol de café au lait, Mamie m'a dit :

– Tu as onze ans, il est temps de penser à rassembler ton trousseau.

– Mon trousseau ? j'ai demandé sans lever les yeux. Mon trousseau de clés ?

J'essayais d'hypnotiser ma tartine, qui se décomposait lamentablement, s'effondrant par morceaux dans mon bol, semant des yeux de beurre sur mon café.

– Non, pas ton trousseau de clés, a dit Mamie en secouant la tête, ton trousseau de jeune fille. Le trousseau, ce sont toutes les affaires qu'une jeune fille doit posséder pour se marier.

– Pour me marier ? (J'étais stupéfaite. J'ai abandonné des yeux ma tartine, qui s'est instantanément écroulée sur la nappe.) Quel genre d'affaires ?

– Toutes sortes, a dit Mamie. Des habits, du linge, de la vaisselle, des objets. Tout ce dont tu pourras avoir besoin dans ta nouvelle maison.

– Mais enfin, quelle nouvelle maison ?

J'étais de plus en plus paniquée.

– La maison que tu habiteras avec ton mari, enfin ! Moi, quand je me suis mariée, j'ai apporté à mon ménage beaucoup de linge et de draps brodés. Nous avions passé pas mal de temps, mes sœurs, mes tantes et moi, à préparer mon trousseau.

Elle restait assise, les lunettes sur le bout du nez, la cigarette entre les doigts, rêveuse. Je la regardais et je cherchais à me souvenir de ces photos où on la voit, fière et souriante, dans la robe blanche du mariage, un bouquet à la main, à côté d'un jeune homme en habit noir.

– Ah! ma petite fille, dit-elle en secouant la cendre de sa cigarette, si tu avais connu ton grand-père à vingt ans… Un homme si gentil, si tendre, et un si bel homme. Ton grand-père était le meilleur des hommes. Tu l'aurais adoré et il t'aurait adorée aussi, j'en suis certaine.

Je hochais la tête en tentant de repêcher les éponges de pain beurré qui flottaient sur mon café. De vrais nénuphars graisseux.

– Je vais commencer ton trousseau aujourd'hui, dit Mamie.. Il faut bien commencer un jour.

Elle a regardé tout autour d'elle.

– Moi, a-t-elle dit, moi je vais te donner… une carafe.

Elle s'est levée de sa chaise et elle a ouvert son buffet. Dedans, elle a pris une carafe en verre qu'elle a posée sur la table. La carafe était neuve, elle portait encore l'étiquette du magasin. Je l'ai lue : treize francs.

– Voilà, a dit Mamie en remontant ses lunettes sur le nez avec un sourire victorieux. Nous allons la ranger dans une valise que nous laisserons au grenier et que nous remplirons au fur et à mesure.

– Merci Mamie, j'ai dit.

Elle est partie faire sa toilette. J'ai entendu le bruit de l'eau, respiré le parfum du savon.

Me marier. Bon. S'il faut que je me marie, il faudra qu'on arrête de me couper les cheveux à tout bout de champ. Je devrai avoir les cheveux un peu longs pour assortir à la robe. La robe. Quelle idée... Il faudra aussi que les commerçants arrêtent de m'appeler jeune homme ou mon petit garçon. Sinon je vois pas comment on fera pour me marier.

En réalité, je n'arrive pas très bien à penser au mariage. Je n'arrive d'ailleurs pas très bien non plus à penser à la quatrième. Tout ça me semble terriblement lointain, et même étranger. Comme s'il s'agissait d'une autre personne que moi.

Je me demande quand même en quelle classe on se marie. Et avec qui ? Un garçon sans doute.

Penser aussi longtemps a fini par me faire mal à la tête. Je me suis levée de table, j'ai débarrassé mon bol, je l'ai porté à la cuisine et posé dans l'évier. Puis j'ai pris Rudyard Kipling et je suis allée me cacher dans l'armoire à jouets de la véranda. Il y a dans cette armoire une petite cache exactement à ma taille. Je peux m'y asseoir, allonger les jambes et tirer la porte sur moi, en laissant juste passer un rayon de lumière.

J'ai passé là un moment délicieux à me gaver de contes, et notamment du *Sais de miss Youghal* qui commence ainsi : « Certains prétendent qu'il n'y a rien de romantique aux Indes. Ils ont tort. Nos vies recèlent une part de romantisme qui est juste ce qu'il nous faut, quelquefois un peu plus. »

Je trouve drôle que le même mot de « romantisme » parle à la fois de l'amour et des romans. Comme si l'amour et les livres, c'était pareil. Les livres de la bibliothèque ont une odeur beige de vieux papier. J'ai remarqué qu'il m'arrive de baver en lisant, sans m'en rendre compte. À cause de la satisfaction peut-être.

Un peu avant midi, Mamie est venue m'extirper des vice-royautés indiennes.

– Tu vas finir par te gâcher les yeux, m'a-t-elle dit en me sortant de mon placard. Viens te laver, je t'ai fait couler un bain.

J'ai couru me jeter dans sa grande baignoire blanche, une vraie piscine posée sur quatre pattes de lion en métal. Je ne suis pas du tout ennuyée de me promener toute nue devant Mamie. Ce n'est pas comme chez moi. Dans la baignoire, je me laissais flotter comme une algue lourde. J'entendais Mamie chanter. Elle épluchait des pommes de terre pour faire des frites, qu'elle me donne toujours enveloppées dans des cornets de papier bleu.

Après le bain, je me suis assise à nouveau à la table de la cuisine et j'ai roulé des cigarettes pour remplir sa petite trousse à tabac. Avant même que je sache tenir un crayon, Mamie m'avait appris à rouler des cigarettes avec sa petite machine à rouleaux.

Elle épluchait et je roulais tranquillement quand elle m'a attrapé la main.

– Tiens, a-t-elle remarqué en m'inspectant le bout des doigts, tu te ronges les ongles ?

– Quelquefois, ai-je menti car je les ronge tout le temps.

Elle a posé son couteau sur la table et m'a caressé le tour des ongles très doucement, comme si elle voulait réparer les petites plaies qui encadrent toujours les ongles rongés.

– Tu ne devrais pas te ronger les ongles, a-t-elle dit, ce n'est pas joli.

– Tu dis ça à cause du mariage ? ai-je demandé.

– Non, je dis ça pour toi.

À mon tour, j'ai caressé ses mains dont la peau était incroyablement fine et soyeuse.

– Hmmm, j'ai fait.

– Tous les soirs je passe de l'huile d'amande douce sur mes mains, m'a dit Mamie. Voilà pourquoi la peau en est si douce.

– Moi aussi, quand je serai plus grande, j'aurai de l'huile d'amande douce. Tu pourras me l'écrire sur un petit bout de papier pour que je ne l'oublie pas ? ai-je demandé.

– Certainement, a répondu Mamie.

J'étais très contente de cette nouveauté. Je m'imagine très facilement en vieille dame avec des petits-enfants que je chérirai. C'est ce qui se passe avant qui me semble obscur et lointain, la quatrième, le mariage, les études, la jeunesse.

6

Où Tim est désespéré

Les semaines ont passé paisiblement, juste interrompues par les petites vacances où je ne voyais pas Tim. J'ai terminé la lecture de tous les livres de Rudyard Kipling disponibles à la bibliothèque. Il a fallu que je me rabatte sur d'autres écrivains, ce qui m'a fichu un coup de cafard. L'hiver est arrivé, et avec lui les gros manteaux, les nuits longues et les promesses de Noël. Tim a sorti un étonnant bonnet bleu marine et une écharpe noire. J'ai pu remarquer que, sous l'action du froid, son nez rougissait terriblement dans sa figure blanche.

Au début du mois de décembre, j'ai également remarqué qu'il avait souvent l'air distrait, et même parfois triste. Il jouait tristement aux dames, mangeait tristement ses deux pains au chocolat et n'avait plus tellement le goût à faire la sieste. Il restait plutôt allongé, les yeux dans le vague, à réfléchir en silence. Je ne disais rien.

Et puis un mardi soir, alors que nous buvions notre thé face à face dans la cuisine, j'ai observé sa figure particulièrement défaite.

– Tim, lui ai-je signalé, tu as l'air malheureux en ce moment. C'est à cause de l'hiver ou y a-t-il quelque chose qui ne tourne pas rond ?

Tim a levé la tête et m'a regardée avec ses yeux de poisson. À ma grande horreur, j'ai constaté que ses yeux étaient pleins d'eau. Sa bouche s'est tordue en une grimace désolée, il a mis la main devant ses yeux et il s'est mis à pleurer.

Je me suis aussitôt levée de ma chaise et je suis allée lui passer la main dans le dos.

– Eh ben Tim, j'ai dit, pleure pas comme ça, enfin.

– Pardonne Suzanne, a-t-il gémi faiblement. *I'm so sorry.*

Sorry ou pas, il n'arrivait pas à arrêter de pleurer.

– Raconte-moi ce qui ne va pas, je lui ai dit. Je peux peut-être t'aider.

– Pauvre fille, a soupiré Tim entre deux hoquets, tu es trop jeune pour m'aider à battre les problèmes de la vie.

– Quels problèmes de la vie ? ai-je demandé en haussant le sourcil.

– Le problème de l'amour, a soufflé Tim avant d'être repris par une crise de larmes.

– Alors ça c'est un peu fort de café, ai-je remarqué, vexée. Je ne connais peut-être pas bien le grand sentiment amoureux, mais je connais le sentiment léger de l'amitié. C'est toi qui me l'as dit, souviens-toi.

– Mais justement, Suzanne, réfléchissez voyons, a dit le lamentable Tim, c'est du grand sentiment amoureux que je souffre. Les légers sentiments ne font pas pleurer.

– Si, Tim, ai-je dit, moi j'ai pleuré quand tu as regardé Nathalie Pinson.

Tim a cessé un instant de geindre pour lever les yeux sur moi.

– Mais péronnelle stupide, a-t-il dit doucement, c'est qu'il y avait un peu de grand sentiment dans ton sentiment léger.

– Tim, ai-je demandé, tu me dis maintenant que je suis amoureuse de toi ?

– Oh là là, a dit Tim, pas très amoureuse, juste une petite flaque d'amour dans un lac d'amitié. Il faut que tu grandisses encore quelques années pour te lancer dans les grandes aventures du sentiment. L'amour, mademoiselle, c'est comme la planche à voile : il faut être déjà assez grand pour tenir la voile. Il faut avoir eu le temps de se muscler et de s'entraîner. Toi, tu commences à peine à apprendre.

À mon tour, je haussai les épaules.

– Et toi qui as l'âge, tu es en train de boire la tasse…

À nouveau, les yeux de Tim se remplirent de larmes.

– Je suis dessous la planche, souffla-t-il. J'ai glissé sur la vague, la voile est à la flotte et je suis terriblement assommé.

– Justement, je peux peut-être t'aider puisque

je suis en train d'apprendre. Explique-moi : qu'est-ce qui t'est arrivé ?

– J'aime une jeune fille, a dit Tim en me regardant par en dessous comme un voleur pris sur le fait.

– Comment elle s'appelle ?

– Isabelle.

– Et elle, elle t'aime ?

Tim a contemplé le fond du bol de thé avec des yeux de noyé.

– Elle m'avait aimé, a-t-il répondu d'une voix chevrotante. Mais nous avons disputé et elle ne m'aimait plus du tout. Elle a été fâchée et n'a plus voulu même me parler au téléphone. Alors je suis resté seul comme un rat chez moi à me désoler tout le temps. Et maintenant, je suis parfaitement désolé.

– Mais il faut que tu lui expliques que tu l'aimes encore. Elle voudra peut-être recommencer à t'aimer.

– Hélas, dit Tim, elle déchire mes lettres sans les lire et elle ne veut même pas me voir dans la rue. Comment pourrais-je lui expliquer ?

– Je vais y réfléchir, ai-je dit. Nous allons trouver une solution, mais s'il te plaît arrête de pleurer. Viens travailler avec moi en attendant.

Nous avons relu ensemble ma leçon d'anglais. Nous avons joué aux jeux des sept familles. Je me suis déguisée en nain malfaisant pour le faire rire. Mais le temps a passé dans une tristesse résignée. Nous étions tous les deux parfaitement déprimés quand ma mère est revenue du travail.

Pour une fois, elle semblait de charmante humeur. Sa journée avait sans doute été excellente. Elle sifflotait en entrant, un énorme bouquet de fleurs dans les bras.

– Bonjour les enfants ! a-t-elle lancé en passant devant ma chambre.

Mais nous étions trop faibles pour lui répondre. Étonnée par notre silence, elle est revenue sur ses pas et elle a poussé la porte de ma chambre. Au triste spectacle de sa fille vautrée dans un fauteuil et de Tim essuyant péniblement une larme sur le bout de son nez, elle s'est arrêtée, son bouquet à la main.

– Tu vas bien, Suzanne ? m'a-t-elle demandé avec curiosité.

– Oui, ça va, ai-je répondu.

– Comment allez-vous, Tim ? a-t-elle alors dit.

Et Tim s'est mouché bruyamment.

– Voyons, Tim, a poursuivi Maman, vous avez des ennuis ?

Plutôt que de laisser Tim s'enferrer dans des réponses sanglotantes, j'ai pris la parole.

– Tim a des ennuis à cause d'une jeune fille qui ne l'aime plus, ai-je lancé. Il est très malheureux parce qu'elle ne veut plus lui parler.

– Je suis très désolé, madame, a remarqué Tim en me lançant un coup d'œil furieux. Si vous voulez, je démissionne et vous trouvez un autre garçon plus sérieux pour étudier Suzanne.

Ma mère était vraiment de merveilleuse humeur. Elle a haussé les épaules et secoué colliers et boucles d'oreilles d'un air négligent.

– Voyons, Tim, ne soyez pas stupide, lui a-t-elle lancé d'une voix suraiguë en balayant l'air de grands gestes du bouquet. Vous êtes un répétiteur parfait pour Suzanne, nous vous gardons. Nous allons plutôt vous aider à résoudre vos petits problèmes personnels, n'est-ce pas ? Vous allez nous expliquer votre histoire tranquillement et nous vous tirerons de ce mauvais pas. Suivez-moi au salon tous les deux, dit-elle en sortant de ma chambre, droite comme la maharané de Madras.

7

Où ma mère prend les choses en main

Nous nous sommes levés comme deux buffles lents et nous avons rejoint ma mère au salon.

– Prenez donc une chaise et asseyez-vous, a ordonné ma mère.

Et voilà... Elle recommençait à tout commander ! Elle était vraiment terrible ! Je n'ai pu m'empêcher de lui poser la question qui me pesait sur le cœur.

– Mais enfin, Maman, comment peux-tu l'aider ? Qu'est-ce que tu y connais, toi, au problème de l'amour ?

Ma mère m'a regardée, stupéfaite. J'ai cru que son chignon allait s'effondrer de stupeur sur ses yeux maquillés. Tim a baissé le menton dans son col roulé.

– Quelle étrange question, Suzanne, a dit Maman après un bref moment de silence. Je ne sais sans doute pas tout des problèmes de l'amour, mais vois-tu, à mon âge, je me flatte d'en connaître un rayon. Et même un sacré rayon, crois-moi. Voulez-vous un doigt de porto, Tim ?

Elle s'est levée, a sorti une bouteille noire du bar et servi deux petits verres de porto.

– Je peux goûter ? ai-je demandé.

– Tu peux même en avoir un fond puisque tu es si avisée ce soir, a répondu ma mère en me versant un peu de porto dans un minuscule verre à liqueur. Allons-y, mon garçon, a-t-elle dit ensuite à Tim. Racontez-moi votre affaire et faites vite. Nous n'allons pas y passer la soirée.

Tim lui répéta donc toute l'histoire. Pour mieux comprendre la situation, ma mère posa quelques questions complémentaires. J'appris donc qu'Isabelle avait dix-neuf ans, comme Tim, et qu'elle gardait souvent des enfants. Ils se connaissaient depuis un an et Isabelle faisait des études de dessin dans une école toute proche de chez moi. J'appris aussi qu'il était assez compliqué de savoir exactement pourquoi Tim et Isabelle s'étaient disputés. Il semblait que Tim n'était pas assez aimable avec Isabelle, qu'il regardait une autre jeune fille avec trop de sympathie, qu'il avait oublié de l'emmener au cinéma un soir… Tout un tas de raisons que ma mère balaya d'un grand geste autoritaire.

– Vous êtes un sot, mon garçon, lui a-t-elle dit. Cette gamine vous aime sans doute beaucoup plus que vous ne le méritez. Si vous voulez la retrouver, faites un petit effort. Surprenez-la, offrez-lui des fleurs, chantez-lui des chansons, marchez sur la tête… Bref, amusez-la. Tenez, si vous en avez besoin, je vous avance un peu d'argent. Mais montrez-vous sous votre bon-jour ! Si vous restez sur place à vous lamenter, vous pouvez être certain qu'elle va filer avec un amoureux plus distrayant !

Pendant ce beau discours, je regardais Tim qui regardait ma mère, la bouche à demi ouverte, complètement hypnotisé.

– Mais madame, comment je fais pour la surprendre, lui parler ou même lui chanter un petit air ? Elle ne veut plus me voir, *never more*, jamais plus.

– Taratata, fit ma mère qui levait les yeux au ciel avec des mines exaspérées. C'est précisément le genre de sottise que nous pouvons arranger. Écoutez-moi bien tous les deux, j'ai une solution à vous proposer.

Et effectivement, elle avait une solution. Je ne sais pas si elle s'y connaît en amour, mais elle est très forte en ruse.

– Nous allons appeler Isabelle, a-t-elle dit. Nous lui demanderons de s'occuper de Suzanne les deux prochains mercredis après-midi. Suzanne, tu n'iras pas chez ta grand-mère. Au cours du premier mercredi, tu t'assureras discrètement que cette Isabelle n'a pas déjà trouvé un nouvel amoureux. Auquel cas, il faudra bien que Tim se console tout seul. Au cours du deuxième mercredi, nous organiserons des retrouvailles auxquelles elle pourra difficilement se dérober, je vous en fiche mon ticket. Mon cher Tim, vous aurez l'occasion de vous expliquer avec elle. Vous avez donc quinze jours pour vous préparer. Je vous conseille fortement d'en profiter pour aller chez le coiffeur, vous ressemblez à une balayette.

– Oh merci, merci madame, répétait Tim complètement éberlué et les yeux enfin secs.

– Ne me remerciez pas, répondit Maman, cette histoire nous amuse énormément. N'est-ce pas, Suzanne ?

Je me contentai de hocher la tête. J'aurais été bien incapable d'articuler un mot. Elle m'avait tellement étonnée que j'en avais la gorge serrée.

Ma mère a retroussé sa manche et a jeté un coup d'œil à sa montre.

– Bien, a-t-elle dit enfin, il est déjà tard. Filez, Tim. Laissez à Suzanne le numéro de téléphone de votre amie. Nous nous chargeons de tout. Suzanne, a-t-elle ajouté en se tournant vers moi, nous sortons ce soir, ton père et moi. Dépêche-toi de te mettre en pyjama. J'aimerais que tu sois couchée quand je m'en irai

Et voilà, si tout semblait s'arranger pour Tim, pour moi rien n'avait changé. J'allais encore me retrouver toute seule. Plus j'y réfléchissais, plus je me disais que l'enfance n'est pas une bonne saison pour l'amour.

8

Où je passe un merveilleux mercredi

Le lendemain, j'avais déjà presque oublié cette histoire quand ma mère, à peine revenue du travail, m'est tombée dessus.

– Je vais appeler cette jeune Isabelle, m'a-t-elle dit. Donne-moi son numéro de téléphone.

Je suis allée fouiller dans le monceau de paperasses entassées sur mon bureau. J'ai fini par retrouver le petit papier que m'avait donné Tim la veille. Je l'ai apporté à Maman qui campait déjà à côté du téléphone.

– Eh bien allons-y, a dit Maman, et elle a décroché le combiné.

Évidemment Isabelle était chez elle. Ma mère

a une chance écœurante. Il suffit qu'elle s'attaque à quelque chose pour que tout lui réussisse. J'ai parfois l'impression que l'univers entier est à son service. Les êtres et les éléments n'attendent qu'une chose : qu'elle les siffle pour obéir.

Bien sûr Isabelle était d'accord pour venir me garder mercredi. Maman lui a donné notre adresse avec le ton comminatoire du général en chef de l'armée américaine. Puis elle a reposé le combiné d'un geste martial. Il ne me restait plus qu'à attendre le mercredi.

– Oh ! tu vas voir, m'a dit Tim le mardi soir, Isabelle est une très bonne fille, gentille et amusante. Mais surtout, surtout, ne te trompe pas : pas un mot sur moi. Oublie que j'existe ou tout sera raté.

– Ne t'en fais pas, ai-je assuré, je ne suis pas une andouille. Je ferai très attention.

Le même soir, ma mère m'a fixé un ordre de bataille.

– Suzanne, a-t-elle dit, pas un mot de Tim, d'accord ?

– Je sais, Tim me l'a déjà demandé.

– Bien. En revanche, il faut que tu essaies de savoir certaines petites choses. Demande ainsi à cette jeune fille si elle est fiancée. Et si par hasard elle te répondait oui, demande-lui avec qui. Pose tes questions avec discrétion. Il ne faut pas que tu te montres énervée, ni bizarre. Ne ris pas nerveusement à n'importe quel propos, ne fais pas la fofolle…

Elle me regardait d'un œil de taupe, et je me suis dit soudain qu'elle aurait adoré être à ma place.

– Je ne ris jamais nerveusement, ai-je remarqué. Et je ne fais plus la folle depuis que j'ai sept ans. Tu pourrais avoir un peu confiance en moi, pour une fois.

– Ne le prends pas de haut, a dit Maman en rattachant son chignon, tout le monde peut commettre des erreurs. Toi aussi. Pourtant, dis-toi que je te fais confiance. D'ailleurs j'y suis bien obligée.

– Tu aimerais bien être à ma place, non ? lui ai-je demandé.

– J'en raffolerais, a répondu Maman. Mais

chaque âge a ses plaisirs. Mon plaisir à moi est d'organiser avec sagesse et assurance. Le plaisir de Tim est d'agir et d'espérer. Quant à ton plaisir à toi… eh bien, il est d'observer et de comprendre.

– Peut-être, ai-je dit. Mais j'aime aussi organiser, agir et espérer, si tu veux savoir.

Le mercredi matin, Maman a quitté la maison très tôt. J'ai attendu toute seule l'arrivée d'Isabelle. Je m'efforçais de ne pas rire nerveusement, de ne pas sauter partout dans l'appartement comme une folle. Mais franchement j'étais tellement excitée que j'avais du mal à me tenir normalement. Tournant dans ma chambre comme un rat dans une cage, j'imaginais Isabelle. Non sans crainte. Car j'avais beau faire confiance à Tim, je ne pouvais m'empêcher de redouter le pire : une sorte de Nathalie Pinson de dix-neuf ans débarquant en veste de daim pour me ruiner le moral.

Puis, enfin, la sonnette a retenti. J'ai étouffé un petit cri et je me suis précipitée vers la porte de l'appartement.

– Qui c'est ? ai-je demandé, la main sur la poignée.

– C'est Isabelle, a répondu la voix.

J'ai ouvert la porte et j'ai levé les yeux. Elle ne ressemblait pas à Nathalie Pinson. Pas du tout. Pourtant elle avait de longs cheveux, retenus par un bandeau noir. Pourtant elle avait les yeux maquillés, d'un gros trait noir au-dessus de la paupière. Pourtant elle avait des habits à la mode, un pantalon serré et de larges bottines. Mais voilà, elle avait un regard très gentil, grossi par des lunettes, et un sourire formidable, aux dents épaisses et carrées.

– Tu es Suzanne ? a-t-elle demandé.

– Ben oui, j'ai fait, et elle s'est penchée vers moi pour me faire la bise. Maman est déjà partie au travail, ai-je signalé. Elle a laissé un peu d'argent sur la cheminée si jamais nous en avons besoin.

– Nous en aurons besoin, n'est-ce pas ? a demandé Isabelle en me regardant. Je sens que nous allons faire un tas de choses aujourd'hui.

– Hmmm, ai-je répondu.

La journée s'annonçait bien. D'ailleurs, disons-le tout de suite, de mémoire de Suzanne, je ne crois pas avoir passé un meilleur mercredi de ma vie.

– Montre-moi ta chambre, a demandé Isabelle.

Je l'ai emmenée avec moi et je lui ai présenté mon décor encombré. Elle a tout regardé : les livres, les affaires de classe, les vêtements dans l'armoire et les vêtements roulés en boule par terre, mon pot de pétunias, mon jeu de dames. J'aimais beaucoup qu'elle soit curieuse.

– Veux-tu que j'essaie de ranger un peu tes affaires ? m'a-t-elle demandé. Tu me regarderas et tu m'indiqueras où mettre les choses.

– Quoi ? j'ai demandé.

Je n'en revenais pas. D'habitude, on m'ordonne de ranger ma chambre, et plus vite que ça merci ou tout part à la poubelle. Or ranger m'est particulièrement difficile parce que justement je ne sais pas ranger. Si je savais ranger, je rangerais, tiens donc ! Isabelle, elle, avait l'air de savoir. Je me suis assise pour l'observer. Incroyable, elle était incroyable : non seulement elle savait ranger les objets qui ont une place, comme les livres, mais elle savait aussi inventer des places pour les objets qui n'en ont pas, comme le jeu de dames.

Elle pliait les vêtements en faisant des commentaires gentils. Par exemple :

– C'est très joli ce pantalon marron.

– ...

Je n'avais jamais envisagé que ce pantalon marron puisse être joli. Chaud peut-être ? Ou bien marron ? Mais joli...

– Pendant que j'y suis, nous allons choisir tes vêtements pour aujourd'hui, dit Isabelle. Que veux-tu mettre ?

– Je ne sais pas. Mon pantalon marron ?

– Si tu veux. Avec quel haut ?

– Ça ?

Je brandis le vieux sweat-shirt gris qui traînait à côté de moi sur le lit. Isabelle me lança un coup d'œil dubitatif.

– Non, je ne crois pas. Le gris et le marron ne se marient pas bien ensemble. Tu n'aurais pas quelque chose de plus piquant ?

Nous avons cherché, nous avons trouvé un polo vert piquant. Je suis allée à la salle de bains pour me laver et m'habiller. Quand je suis revenue, Isabelle était dans la cuisine en train de se préparer un café.

– Très bien, a-t-elle dit en me regardant des pieds à la tête.

– Tu ne trouves pas mes cheveux trop courts ? ai-je alors demandé, un peu inquiète.

Isabelle a souri.

– Pas du tout, au contraire. C'est très à la mode cet hiver. Mais je connais un truc qui va bien avec les cheveux courts : je peux te maquiller. Tu veux ?

J'ai dû faire une drôle de tête parce qu'elle s'est mise à rire franchement.

– Qu'est-ce que c'est que cette grimace ? Je te promets de te débarbouiller avant que ta mère revienne. Après tout, tu as l'âge d'essayer. Quel âge as-tu d'ailleurs ?

– Onze ans et demi.

– Très bon âge, a dit Isabelle. Alors ? Tu es d'accord ?

Elle a sorti de son sac une trousse en tissu bleu. Quand elle l'a ouverte sur la table, des tas de tubes et de crayons en ont glissé.

– Bon, ai-je dit en m'avançant vers elle. Mais si j'ai l'air d'un clown, tu m'enlèves tout, tout de suite.

– Ça marche. Viens t'asseoir ici.

Je me suis installée sur une chaise. Elle s'est assise devant moi et elle a commencé à me peindre la figure.

Je n'ai pas pu me regarder dans la glace avant qu'elle ait tout terminé.

– Ferme bien les yeux, disait-elle, je vais tracer une ligne de crayon sur ta paupière. Fais un grand sourire pour tirer tes lèvres que j'y mette un peu de rose.

Je me laissais faire comme une poupée choyée, bercée par la caresse des crayons et des pinceaux sur ma peau. Elle s'écartait de temps en temps pour contempler le résultat.

– Nous y sommes, a-t-elle fini par admettre. Vas-y, regarde-toi et dis-moi ce que tu en penses.

Elle m'a collé triomphalement le miroir sous le nez. D'abord je ne me suis pas reconnue. J'avais du mal à opérer le rapprochement entre la Suzanne de tous les jours et cette petite figure aux yeux agrandis par le lourd crayon noir. Je n'arrivais pas à croire que cette pimpante petite jeune fille était sortie en moins d'un quart d'heure de mon vieux visage au nez pointu.

– Ah ben, j'ai remarqué, eh ben ça alors…

Isabelle a porté à sa bouche le café qui refroidissait dans sa tasse.

– Je suis contente que ça te plaise. Tu vois à quel point ça peut être chic, les cheveux courts ?

– Très chic, j'ai approuvé du bout des lèvres, complètement médusée.

Figée sur ma chaise, je n'osais plus faire un geste. Il me semblait que le masque qui me couvrait la figure allait se craqueler au moindre mouvement.

– Tu peux bouger, remarqua Isabelle. La meilleure chose à faire maintenant est d'oublier que tu es maquillée. Sauf quand tu voudras penser que tu es jolie.

– Laisse-moi le temps de m'y habituer, j'ai dit. Ce n'est pas si facile d'être maquillée pour la première fois.

Le temps passant, l'heure du déjeuner approchait à grands pas et je sentais mon ventre m'envoyer de petits pincements au cerveau.

– Tu n'as pas faim ? ai-je demandé à Isabelle.

– Oh si, mangeons un œuf et filons.

– Filons où ?

– Je ne sais pas moi… faire des courses par exemple.

– Quelles courses ?

Isabelle a contemplé un instant le billet de cent francs que nous avait laissé ma mère. Elle semblait chercher une idée dans les détails du dessin.

– Nous pourrions aller dans les magasins pour acheter des pans de tissu. Nous fabriquerons des écharpes, qu'en dis-tu ?

– Sais-tu aussi fabriquer les écharpes ?

Eh oui, Isabelle savait aussi fabriquer les écharpes, choisir les étoffes, les découper et les ourler. Nous avons donc pris le bus toutes les deux. Nous avons traîné longtemps dans les magasins de tissu, fouillant à pleines mains dans les bacs soyeux, tripotant la laine, la dentelle et les cotonnades.

– Regarde celui-là, criais-je en agitant une pièce fine comme une toile d'araignée et tissée de fils d'or.

– Et celui-là ? appelait Isabelle en me montrant un carré fluide où de petits éléphants sombres se poursuivaient sur un fond clair.

Nous avons fini par acheter quatre bouts de tissu.

9

Où un mercredi bien commencé se termine douloureusement

De retour à la maison, Isabelle s'est assise dans un fauteuil pour ourler nos écharpes. Je lui ai apporté la boîte de couture et je me suis assise à côté d'elle.

– Tu en donneras une à ta mère, peut-être, m'a-t-elle dit.

– Oui, celle avec les grandes fleurs bleues.

– Bien, et pour toi ?

– Je prendrai l'écharpe écossaise. Et toi ?

– Crois-tu que je peux en prendre une ?

– Bien sûr, je veux même que tu en emportes une en souvenir. Tu n'as qu'à prendre celle qui est toute rouge.

– D'accord. Et la dernière, celle avec les éléphants ?

– Je la donnerai à un ami qui aime beaucoup l'Inde, ai-je dit en pensant soudain à Tim.

– Bonne idée, a dit Isabelle. Tu as des amis ?

Je me suis sentie toute pâle et j'ai bredouillé.

– Non, non, pas tellement. Enfin, je veux dire, si, j'ai des amis, ou plutôt surtout un ami…

Je me suis levée précipitamment.

– Je vais me chercher un verre de lait à la cuisine. En veux-tu un toi aussi ?

– Oui, volontiers, a dit Isabelle en continuant de coudre.

Réfugiée dans la cuisine, je tournais en rond en me maudissant. J'avais complètement oublié qu'il fallait que je pose des questions à cette fille. Maintenant que je la connaissais, je n'avais plus du tout envie de jouer un rôle d'espion. J'avais l'impression de trahir et croyez-moi, c'est une sensation extrêmement désagréable.

Un moment, j'ai pensé à tout lui dire, le chagrin, la ruse, le complot. Mais aussitôt me sont revenus à l'esprit les visages de ma mère et de

Tim. Je n'avais pas le choix. Il fallait que j'aille jusqu'au bout. Je suis donc revenue m'asseoir à côté d'Isabelle, pas très fière de moi.

– Et toi, ai-je lancé en regardant le bout de mes chaussures, tu as des amis ?

– Oui, a dit Isabelle.

– Tu as un fiancé ?

Voilà, le sort en était jeté. Je l'avais demandé. On ne pouvait rien me reprocher. Dans un brouillard de confusion, j'ai attendu qu'elle me réponde « non ».

– Oui, a dit alors Isabelle.

J'ai relevé la tête et je l'ai regardée, complètement désemparée.

– Tu as un FIANCÉ ? ai-je répété d'un ton furieux, comme si elle avait mal compris ma question.

– Oui, a répondu Isabelle un peu surprise de mon insistance.

Elle a continué à coudre en silence tandis que le monde s'effondrait autour de moi. Si elle avait un fiancé, c'en était fini de Tim…

– Ou plutôt, a-t-elle repris, j'avais un fiancé.

Mais il m'a laissée tomber il y a six semaines. Il ne donne plus de nouvelles.

Elle a soupiré.

– Tant pis pour moi, et tant pis pour lui. Je ne vais pas me traîner à ses pieds.

– Comment s'appelle-tim ? ai-je dit assez rassurée.

Mince. Ma langue avait fourché. Mon cœur s'est mis à battre à grande vitesse. Heureusement j'avais parlé à voix trop basse et Isabelle ne m'avait pas entendue.

– Qu'est-ce que tu disais ? a-t-elle demandé.

– Comment s'appelle-t-il, voilà ce que je te demandais.

– Il s'appelle Tim. Il est anglais.

– Et tu es triste ? ai-je demandé avec une note d'espoir dans la voix.

– Quelle drôle de petite fille tu fais ! a remarqué Isabelle en abandonnant un instant la couture pour contempler mon visage de fourbe. Bien sûr, je suis triste. Nous nous entendions très bien. Je ne sais pas ce qui lui est passé par la tête, mais il s'est éloigné de moi. Et quand j'ai voulu mettre les choses au point, il s'est affolé et il a complètement disparu.

J'étais dans un état d'énervement extrême. Je brûlais d'envie de tout lui dire. Aussi, pour éviter de me laisser emporter par mon enthousiasme, je me lançai tête baissée dans un autre sujet de conversation.

– Qu'est-ce que tu veux faire quand tu seras grande ? lui ai-je hurlé aux oreilles.

– Je veux faire de la peinture, a répondu Isabelle. Pas la peine de parler si fort.

– Moi, ai-je dit à voix raisonnable, je veux aller habiter en Inde.

La journée s'est terminée doucement. Ma mission était remplie et je pouvais me laisser aller à admirer Isabelle paisiblement, à aimer sa compagnie, à la faire parler de sa vie. Isabelle habitait sa chambre à elle. Elle avait des amis. Elle peignait tranquillement. Et elle voyait rarement ses parents qui habitent loin de Paris.

– Je pourrai venir chez toi, un jour ? ai-je demandé.

– Si tu veux. Il faudra juste que tu demandes

la permission à ta mère. Maintenant viens que je te démaquille. Il est bientôt sept heures.

J'avais la peau blanche comme un linge quand Maman est rentrée du travail. Elle m'a jeté un coup d'œil de conspirateur et s'est précipitée sur Isabelle pour la payer et la faire partir. Tout juste si elle a dit merci quand nous lui avons offert l'écharpe.

– Alors ? m'a-t-elle dit sitôt la porte fermée derrière Isabelle.

Je me suis mise au garde-à-vous.

– Tout va bien mon général. La suspecte n'a pas de nouveau fiancé. Elle se souvient bien de notre allié Tim. Elle prétend que c'est lui qui a disparu sans explication.

– Peu importe. Est-elle triste ou furieuse ?

– Triste.

– Très bien, très bien, a dit ma mère en arpentant le salon de long en large, les poings sur les hanches. Nous allons pouvoir passer à la seconde phase des opérations.

J'étais complètement épuisée par cette longue journée d'émotions quand ma mère m'a tendu mon manteau.

– Viens avec moi, a-t-elle ordonné. Je vais te déposer chez ta grand-mère pour une dizaine de minutes. Elle sera triste si elle ne te voit pas de tout le mercredi. J'en profiterai pour faire une ou deux courses et je repasserai te chercher.

J'enfilai mon manteau en grognant et suivis ma mère.

Ce que je devais découvrir chez Mamie était de nature à me briser le cœur. En réalité, elle n'était pas tellement triste. C'était bien là le problème. Elle avait plutôt l'air mécontente.

– Pourquoi n'es-tu pas venue me voir aujourd'hui ?

Je n'ai pas eu le courage de lui raconter toute notre histoire. De plus, franchement, je ne sais pas ce qu'elle aurait pensé de notre conspiration. Je me suis contentée de répondre assez évasivement.

– C'est à cause de Tim, mon répétiteur anglais, tu sais ?

– Encore ce garçon ? a dit ma grand-mère en fronçant le front. Ta mère et toi, vous avez la manie de vous enticher de gens impossibles !

Voilà bien les façons modernes : préférer n'importe quel étranger aux personnes de sa propre famille ! Tu penses peut-être que tu es dans ton bon droit. Mais je vais te dire ce qu'il en est : pendant que tu t'amuses, moi je passe toute la journée toute seule…

J'ai baissé la tête. Quand Mamie commençait une colère, rien ne pouvait l'arrêter. Pire : essayer de discuter redoublait sa fureur. Elle ne ressemblait plus du tout alors à celle avec qui je passais de si bons moments, dans sa maison douillette. Elle devenait une grande personne irascible et jalouse. De toutes mes forces, j'attendais que Maman revienne me chercher.

Au bout d'un moment, Mamie a remarqué mon silence obstiné. Elle s'est interrompue, a rallumé sa cigarette et m'a lancé un long regard triste.

– Eh bien, tu ne dis rien ?

– Je ne sais pas quoi dire.

– Moi je sais quoi te dire, a fait Mamie, tu as grandi. Tu t'es éloignée de moi. Tu t'entends mieux avec des jeunes, maintenant. C'est normal.

Tu n'as plus besoin de ta chemise de nuit rose, ni de frites dans un cornet. Tu as forcément plus de choses à raconter à ton correspondant anglais...

La voix de Mamie commençait à trembler et la situation à devenir franchement insupportable. La seule personne avec laquelle je pensais partager un peu d'amour tranquille se retournait contre moi. Je ne savais plus comment faire pour échapper à ce raz-de-marée de reproches affreux. Je restais complètement immobile et contemplais fixement le bout de mes doigts.

C'est alors que la sonnette a retenti. Sauvée. Pour la première fois de ma vie, je comptais sur ma mère pour échapper à ma grand-mère.

Mamie s'est levée de sa chaise pour aller ouvrir. En passant, elle s'est arrêtée devant moi.

– Tu as oublié que tu m'aimais. Tu ne m'aimes plus, n'est-ce pas ?

Les réponses bouillonnaient dans ma tête comme un torrent furieux.

– Mais si, aurais-je voulu lui dire, je t'adore, toi, tes mains douces, ta maison peinte, tes chemises de nuit roses et ta baignoire aux pieds de lion. Mais tu me fais peur avec tes questions. Faut-il que je n'aime que toi pour t'aimer suffisamment ?

Mais je restais muette. Plus violents sont les sentiments, plus dure est la parole.

Un immense fossé s'était ouvert, d'un seul coup, entre moi et ma grand-mère. J'allais sans doute me retrouver un peu plus seule maintenant. Je n'avais pas cette fois trahi l'amitié d'une jeune fille, mais l'amour d'une vieille dame. Quelle sorte d'être étais-je donc à la fin, toujours à mendier de l'amour d'une main, et toujours à le trahir de l'autre main ?

Beurk, me dis-je en me couchant ce soir-là. Beurk et rebeurk. Au bout du compte, ce soir-là, c'était moi que je n'aimais plus beaucoup. Et tout le maquillage du monde n'y pourrait rien changer.

10

Où j'en ai vraiment plein le dos

Le lendemain, jeudi, je me suis levée d'un pied assez mélancolique. Je me suis traînée au collège avec langueur. J'étais écœurée du monde. Je rêvais aussi fort que je le pouvais de partir pour les Indes avec un petit sac pour tout bagage. J'imaginais ce que j'emporterais : mon pantalon marron et un peigne, ma brosse à dents, une petite serviette de toilette, deux polos et un pull. Je partirais sans laisser d'adresse, je me noierais dans la foule innombrable, je traverserais les déserts, je me reposerais au pied des temples, assise dans la poussière blanche.

Les heures de cours se succédaient, mais je

continuais le même songe. J'étais indifférente, comme absente.

– Suzanne, veux-tu aller à l'infirmerie ? m'a demandé le professeur de français.

Je l'ai regardée, les yeux un peu humides, complètement bouleversée par sa gentillesse inattendue.

– Non madame, merci, ai-je répondu dans le silence médusé de la classe.

Ils auraient sans doute tous adoré pouvoir filer fainéanter à l'infirmerie sans avoir besoin de simuler toutes sortes de maladies invraisemblables. Mais moi, je n'avais pas envie de bouger. Il me suffisait de rester là, bien au chaud dans ma rêverie, à peine distraite par le ronron du cours. Il est relativement facile de ne rien faire pour celui qui se planque prudemment dans un coin de la classe et garde les yeux rivés à ses cahiers. Du moins pendant un certain temps. Plus la classe est chahuteuse, plus vous avez de chances de pouvoir rêver tranquille. Les profs ont tellement de mal à dresser les imbéciles qui se font remarquer… Ça les occupe.

Je ne me suis vraiment réveillée qu'à cinq heures et quart, quand j'ai retrouvé Tim à la sortie de l'école.

– Eh toi ! m'a-t-il lancé en m'attrapant par le bras. As-tu vu Isabelle ?

Je demeurais muette un instant, le visage énigmatique. Lui me regardait sous le nez avec des yeux comme des soucoupes. Je profitais de la situation pour le faire mariner. C'est qu'ils commençaient à m'énerver, tous, avec leurs manigances. Mais tout doit avoir une fin, même la cruauté.

– Oui, j'ai vu Isabelle.

– C'est une charmante jeune fille, ou bien ?

– Trop charmante pour toi peut-être...

J'ai pris un air mystérieux et Tim m'a pressée de questions tout le reste de la soirée. Qu'avions-nous fait ? Qu'avions-nous dit ? Avait-elle parlé d'un quelconque fiancé ? Soupçonnait-elle notre ruse ?

Je répondis à toutes les questions, mais j'y répondis brièvement. Je n'avais pas envie de raconter tout le détail de ma bonne journée pour faire plaisir à des gens qui ne pensaient qu'à m'utiliser pour tromper Isabelle. Elle était aussi un peu à moi, maintenant, et nos souvenirs m'appartenaient. Mais enfin, bon, je ne suis pas une méchante fille. J'informai Tim de l'essentiel.

– Brave, brave péronnelle, disait-il en me passant la main dans les cheveux chaque fois que je lui racontais un petit quelque chose.

Il m'exaspérait lui aussi à la fin.

Nous entendîmes enfin la clé tourner dans la serrure. Maman était rentrée. Elle se précipita dans ma chambre sans même prendre le temps d'enlever son manteau.

– 'Soir, dit-elle. Qu'avez-vous décidé pour mercredi prochain ?

Nous nous regardâmes, Tim et moi, avec désarroi. Nous n'avions rien préparé. Nous étions restés bien trop longtemps à commenter la journée d'hier.

– Rien, dis-je. Nous n'avons pas encore eu le temps de préparer quelque chose.

– Eh bien, il serait temps de s'y mettre.

Nous nous y sommes mis sans tarder, assemblés au salon autour d'un verre de porto. Nous avons décidé du lieu, de l'heure et de la coiffure de Tim.

– Une balayette, mon cher, répétait ma mère. Ne vous vexez pas sottement. Reconnaissez plutôt que vous êtes horriblement mal coiffé.

Il était entendu que j'emmènerais Isabelle jusqu'au lieu de rendez-vous où Tim nous attendrait. Les deux amoureux se retrouveraient alors… et à Tim de convaincre Isabelle de son amour.

– Bien, bien, réfléchissait ma mère en se grattant d'un ongle le bord de l'oreille. Il me semble pourtant qu'il y a quelque chose qui cloche là-dedans, mais je n'arrive pas à trouver quoi…

– Moi, dis-je soudain.

– Quoi, toi ?

– C'est moi qui cloche. Imagine que j'arrive avec Isabelle. Elle retrouve Tim. Ils s'expliquent, ils se disputent, ils se raccommodent peut-être. Bref, ils mènent leur petite histoire tous les deux. Et moi ? Qu'est-ce qu'ils font de moi ? Ils me prennent à témoin ? Ils m'abandonnent ? Ils me perdent ?

– Très juste, approuva ma mère. Le problème, c'est toi.

– Oui, dis-je, mais sans moi, pas d'Isabelle, pas de rendez-vous, pas de réconciliation.

– Certainement. Je ne vois donc qu'une seule solution : je serai au rendez-vous. Je m'arrangerai avec mon bureau pour prendre une heure au milieu de l'après-midi. Je resterai avec Suzanne pendant que vous discuterez avec Isabelle.

Consternation. Je savais bien qu'elle rêvait de se mêler directement de l'histoire. Mais je n'avais pas pensé qu'elle se servirait de moi. Je me retournai vers Tim avec indignation. Mais il se contenta de me glisser un vague regard plein de honte.

– Oui madame, dit-il seulement.

Moi, je ne dis rien. Je me levai et filai dans ma chambre. Tim m'y retrouva au bout de cinq minutes.

– Je te prie, Suzanne, aide-moi. Ne sois pas furieuse de madame Mère. Elle m'arrange avec sympathie. Par pitié pour moi, accepte la ruse.

J'en avais tellement assez de lui que j'étais

prête à accepter n'importe quoi à condition que tout soit bientôt fini.

– J'accepte la ruse, dis-je. J'accepte que tu sois l'amoureux stupide et maladroit d'Isabelle, j'accepte que tu sois l'esclave obéissant de ma mère. J'accepte parce qu'il me reste une goutte d'amour dans ma flaque d'amitié. Mais méfie-toi, j'ai peur que tout s'évapore et que bientôt il n'y ait plus rien, ni mare, ni flaque, ni goutte de rien du tout.

Tim me colla un baiser sur les cheveux. Je le repoussai avec un cri d'horreur.

– Misérable fayot, sale traître !

Il se mit alors à genoux devant moi.

– S'il ne reste plus même un verre d'eau dans ton cœur, je te jure que je verse dedans tout l'océan. Avec une petite cuillère, je jure. Avec une passoire si tu veux, péronnelle de mon cœur.

Bref, il se débrouilla tant et si bien que le mercredi suivant, après avoir récité à ma mère vingt fois – et par cœur – l'heure et l'endroit du rendez-vous, j'attendais Isabelle, mortifiée mais à peu près décidée à mentir.

– À quelle heure avons-nous rendez-vous ? me demandait ma mère d'un air torve.

– À quinze heures pile.

– Et où avons-nous rendez-vous ? ajoutait-elle avec méfiance.

– Au pied de la grande roue.

– Très bien, disait-elle alors d'un air à moitié rassuré.

Pour être bien certaine de ne pas se déplacer pour rien, elle prépara un petit mot, suggérant à Isabelle de m'amener à la foire dans l'après-midi et lui laissant l'argent nécessaire pour quelques attractions.

11

Où je renverse les alliances

Mentir, mentir, c'est bien joli. Mais comment fait-on quand on ne sait pas mentir ? Ce n'est pas si simple de raconter des bobards. Il y a des gens qui font ça très bien. Et même, il y en a qui y prennent plaisir. Moi, c'est clair, ça me rend malade. Je me répète d'abord le mensonge, dans la tête, pour ne pas dire n'importe quoi, ou pour ne pas me trouver d'un seul coup muette, à court d'idées. Mais j'ai beau me préparer, au moment de mentir, je me décompose. J'ai chaud, j'ai froid, j'ai les yeux qui tremblent, les mains moites, je rougis par plaques, je bégaie. Même un âne serait capable de dire au premier coup d'œil : « Mais cette fille est en train de mentir honteusement ! » À condition qu'il ait repéré que je suis une fille, bien entendu. Il en est du mensonge comme du rangement : je voudrais bien, mais je ne sais pas.

J'aime autant dire que, quand Isabelle a sonné à la porte, à neuf heures, je n'en menais pas large. Passe encore d'essayer de mentir à une personne dont on se moque, mais mentir à quelqu'un qu'on adore : voilà qui est proprement insupportable. Or j'adorais Isabelle.

Je lui ai ouvert la porte avec un frisson au cœur. Elle était la même, cheveux longs, bandeau, yeux maquillés. Elle portait une jupe longue qui lui battait les genoux. Oh ! comme j'aimerais lui ressembler, si jamais je deviens jeune fille avant d'être vieille dame.

– Bonjour Isabelle, lui ai-je dit, et ma voix s'est brisée comme un verre éclate quand il tombe sur le carrelage.

– Bonjour Suzanne, a dit Isabelle en entrant gaiement.

Je lui ai tendu sans mot dire la lettre de ma mère. Elle y a jeté un coup d'œil. « Très bien », a-t-elle dit. Puis elle l'a rangée dans sa poche. Par bonheur, nous avions quelques bonnes heures avant le rendez-vous fatidique. Toute la matinée, je l'ai suivie fidèlement comme un lapin apprivoisé. Je l'écoutais babiller, j'admirais son aisance, son aimable sourire aux dents carrées et la monture étroite de ses lunettes. Plutôt que de bavarder moi-même – ce qui aurait pu rapidement mal tourner –, je lui posais toutes sortes de questions sur la peinture et sur sa vie. Poser des questions : voilà un excellent moyen de faire plaisir tout en s'épargnant le souci de la conversation. À condition que l'on se donne la peine de poser de vraies questions et à condition d'écouter les réponses, bien sûr.

J'écoutais donc une réponse quand mon cœur chavira.

– Les vrais amis, disait Isabelle, ne se mentent pas. Ce n'est pas qu'ils décident de ne pas mentir. C'est qu'ils n'en ont pas besoin. Leur confiance l'un dans l'autre est tellement profonde, et leur plaisir à se connaître est si grand qu'ils sont toujours dans la vérité.

À ce moment, Isabelle m'a jeté un coup d'œil.

– Qu'est-ce qui se passe, Suzanne ? Tu ne te sens pas bien ? Tu es toute blanche…

Je veux bien croire que j'étais pâle. Les paroles d'Isabelle m'avaient touchée si fort que j'en avais attrapé un terrible mal au ventre.

– Allonge-toi, m'a dit Isabelle. Je vais te chercher un verre d'eau. Ne bouge pas.

En un clin d'œil, elle était à genoux à côté de moi, un verre à la main, ses lunettes dans l'autre.

– Et alors, ma petite Suzanne ? disait-elle. Dis-moi comment tu te sens ?

– Je me sens minable, dis-je d'une voix écrasée de tristesse.

Les larmes du repentir me montèrent aux yeux. Et je lui racontai tout. Ma mère, Tim, les petits pains, la goutte d'amour dans une mare d'amitié, le complot et le rendez-vous.

– Ah ben ça alors ! remarquait Isabelle de temps à autre. Vous êtes quand même culottés tous les trois !

Quand j'eus terminé mon récit, je fermai les yeux et j'attendis que la terre s'ouvre pour m'engloutir ou que le ciel s'effondre sur ma tête pour m'ensevelir. Au choix. C'est alors que, du fond de ma nuit, j'entendis Isabelle demander sur un ton minuscule :

– Tu es sûre qu'il était malheureux ?

– Qui ça « il » ?

– Tim.

J'ouvris les yeux illico et m'assis sur mon séant, complètement ressuscitée.

– Oui oui, j'en suis certaine. Très malheureux. Parfaitement désolé. Il n'arrêtait pas d'avoir l'air triste. Il pleurait comme un bébé.

Isabelle me regardait d'un drôle d'air. Un air à la fois furieux et ravi. J'étais toujours assez inquiète.

– Es-tu fâchée contre moi ?

– Fâchée parce que tu m'as menti ou fâchée parce que tu m'as dit la vérité ?

– Je ne sais pas, fâchée contre moi en tout cas…

– Oh non, répondit Isabelle en me prenant la main. Je te trouve merveilleuse et très courageuse. Tu as menti exactement quand c'était nécessaire et dit la vérité juste au bon moment. Vois-tu, moi aussi j'ai été très malheureuse d'être éloignée de Tim. Moi aussi, je voulais me réconcilier avec lui sans savoir comment m'y prendre. Avec ton répétiteur, ta mère, ton mensonge et ta vérité, tu ne pouvais pas mieux t'y prendre.

– Alors tu voudras bien venir au rendez-vous où je dois t'emmener ?

– Certainement, je voudrai. Nous irons toutes les deux, comme si de rien n'était. Mais cette fois, j'ai bien envie de leur jouer un petit tour à notre façon.

– Encore mentir ?

Je sentais que j'allais recommencer à avoir mal au ventre.

– Non, me dit Isabelle. Tu n'auras pas à mentir. Laisse-moi réfléchir. Où avez-vous rendez-vous ?

– À la foire, à quinze heures, au pied de la grande roue.

– Au pied de la grande roue ? répéta Isabelle en riant. Merveilleux ! Nous allons faire en sorte qu'ils nous attendent un petit peu, au pied de la grande roue...

Sitôt le déjeuner avalé, nous sommes parties.

– Si nous y sommes bien à l'avance, avait remarqué Isabelle, nous aurons le temps de profiter de l'argent de ta mère et de nous amuser avant le rendez-vous.

– Si tu veux, avais-je répondu. Mais tu sais, je n'aime pas beaucoup la foire. Surtout en hiver. Je me demande pour quelle raison : la musique, les lumières, les odeurs, les enfants ou le ciel blanc ?

– Je crois que c'est le mélange de toutes ces impressions qui laisse un tel goût de cafard, continua Isabelle. Moi non plus je ne raffole pas de la foire. Mais puisque nous sommes toutes les deux, je suis sûre que nous allons nous amuser.

Elle avait raison. En sa compagnie, même les activités les plus stupides étaient drôles et distrayantes (se perdre dans un labyrinthe de vitres, avoir peur sur les montagnes russes, ricaner au milieu des mannequins mécaniques du train fantôme).

12

Où ma mère me dit des choses étonnantes

À trois heures moins le quart, Isabelle m'a attrapée par le bras.

– Allons-y maintenant.

Nous avons couru vers la grande roue. Je grignotais une pomme d'amour devant la caisse tandis qu'Isabelle discutait ferme avec le machiniste.

– Et si je vous achète dix billets d'un seul coup ?

– Je serai quand même obligé d'arrêter ma machine pour en faire descendre les passagers, ma petite demoiselle. Je ne peux pas laisser tourner la roue pendant une demi-heure uniquement pour vos beaux yeux. Pourtant, ma parole, c'est vraiment vrai que vous avez de beaux yeux. Et un joli sourire en prime.

– Mais monsieur, répondait Isabelle, il n'y a personne à cette heure-ci. Vous pouvez bien me rendre un petit service.

Elle s'est penchée vers lui et a ajouté, comme s'il s'agissait d'un secret :

– C'est pour faire enrager mon amoureux. Pour le punir d'avoir été méchant avec moi.

– Ah ah, dit l'homme avec un sourire de conspirateur, dans ce cas je peux faire un petit quelque chose. Voilà : chaque fois que j'arrêterai ma roue pour changer de passagers, je m'arrangerai pour vous laisser en haut. Vous pourrez tourner aussi longtemps que vous voudrez. Et votre fiancé aura beau pleurer, il n'a pas fini de vous attendre... Puis, quand vous voudrez descendre, vous n'aurez qu'à me faire un petit signe. J'amènerai votre nacelle.

– Vous êtes formidable, merci. Je vous dois combien ?

– Pour de beaux yeux comme les vôtres, c'est

gratuit. Mais il faut me promettre que si ça ne va plus avec votre amoureux, vous viendrez au bal avec moi…

– Ne parlez pas de malheur, dit Isabelle en se dirigeant vers les nacelles.

Nous étions à peine montées à bord, nous commencions tout juste notre ascension dans le ciel quand Maman et Tim sont arrivés au pied de la grande roue. Maman portait un foulard sur son chignon et Tim, les cheveux coupés ras sur les oreilles, tenait à la main un gigantesque bouquet de fleurs. Au fur et à mesure que nous prenions de l'altitude, ils se faisaient plus petits.

Nous avons tourné un bon moment, les contemplant de loin.

– Mais regarde-les, disait Isabelle, en remontant ses lunettes sur son nez, est-ce qu'ils ne sont pas mignons et ridicules à nous attendre bêtement, agités comme des cloportes dans la poussière ?

Cinq bonnes minutes plus tard, les deux petites silhouettes commençaient à montrer des signes certains d'agacement. Bouquet et chignon se tournaient de tous côtés, espérant sans doute nous voir arriver. Tim se passait nerveusement la main dans les cheveux et Maman regardait sa montre. Puis, face à face, ils semblèrent se lancer dans une discussion animée.

– Tu crois qu'ils n'auront pas l'idée de lever les yeux ? demandai-je à Isabelle.

– Certainement pas, répondit-elle. Les gens ont l'habitude de chercher le nez à terre. Rares sont ceux qui lèvent le nez pour trouver les solutions.

– J'ai l'impression d'être un ange, dis-je.

Nous tournions toujours, quand Tim et ma mère ont eu l'air de s'affoler. Ils se sont séparés pour aller repérer les alentours de la grande roue, vérifier si je n'avais pas confondu le pied de la grande roue avec celui du grand huit. Au bout du bras, Tim laissait maintenant traîner dans la poussière le bouquet qu'il portait si fièrement un quart d'heure plus tôt. Exaspérée par l'attente, ma mère secouait les bras comme un pantin. Visiblement, ils n'y croyaient plus.

– Ils vont peut-être renoncer et s'en aller, murmurai-je à Isabelle.

– Peut-être, il est temps d'agir, répondit-elle. Ils ont eu assez peur. Appelle avec moi : « Tim, oh Tim ! »

Je lançai à pleins poumons :

– Tim ! Tim !

Alors, enfin, alerté par nos cris, Tim s'aperçut de notre présence volante.

– Toi ! toi ! hurla-t-il en tendant un doigt vengeur vers la nacelle. Péronnelle, viens ici tout de suite.

Je serrai la main d'Isabelle en riant et la nacelle reprit son ascension cahotante vers les nuages. Ils étaient maintenant le nez en l'air à nous regarder nous balancer dans le ciel frais de l'hiver.

– Descendez les jeunes filles ! criait Tim au forain.

– Peux pas, mon petit monsieur, elles sont carrément bloquées en l'air, répondit le machiniste d'un air effronté.

– Monsieur, dit ma mère, je vous donne l'ordre de les ramener à terre ou j'appelle un policier.

– Allons, madame, patience, elles ont payé.

Elles ont le droit de tourner tout le temps qu'elles veulent.

– Mais voyons, vous êtes fou mon ami : elles ont payé ou elles sont bloquées ? demanda ma mère.

Mais l'homme avait filé. Il nous regardait maintenant, tranquillement caché derrière sa caisse. Quant à nous, blotties l'une à côté de l'autre, nous tournions infiniment, adressant au passage des petits signes de la main à nos rendez-vous consternés.

– Ils me font pitié, finit par dire Isabelle. Allons-y, revenons les pieds sur terre.

– Voui, dis-je. Mais qu'est-ce que je vais dire à ma mère ? Je dois mentir ?

– Non, dit Isabelle, ne mens pas. Fais l'andouille. Dis que tu ne sais pas, que tout est de ma faute, qu'il faut me demander. Après tout, ce voyage de grande roue est mon idée.

Elle envoya un signe au forain, et quelques secondes plus tard, nous posions le pied à terre. À force de tournoyer, je n'avais plus la cheville bien ferme et je tanguais un peu sur mes jambes.

J'eus à peine la présence d'esprit de regarder Tim offrir son bouquet à Isabelle et Isabelle le remercier d'un baiser.

– Quand même, a remarqué ma mère, vous exagérez, mes petites filles !

Mais elle couvait Tim et Isabelle d'un regard satisfait.

– Enfin, a-t-elle ajouté, nous y sommes quand même arrivés ! Isabelle, j'emmène Suzanne boire quelque chose de chaud, je suis gelée. Retrouvez-nous dans une demi-heure.

Je regardais les deux amoureux s'éloigner dans l'allée, bras dessus, bras dessous, quand ma mère me dit :

– Mais enfin, nous avions pourtant rendez-vous sur la terre ferme. Que faisiez-vous sur cette roue qui n'en finissait pas de tourner ?

– Je ne sais pas, répondis-je. C'est une idée d'Isabelle, tu n'as qu'à lui demander.

Côte à côte, nous nous sommes dirigées vers le café le plus proche, elle grande et moi petite. J'étais un peu gênée de marcher en sa compagnie, comme si nous étions ridicules, comme si nous étions une sorte de Laurel et Hardy. Mais il n'y avait rien de plus qu'une mère et sa fille.

Au café, nous nous sommes assises côte à côte.

– Deux chocolats, a commandé ma mère.

– Pardon, ai-je dit en levant la main, moi je préfère une limonade.

– Eh bien, vous avez entendu? a lancé ma mère au garçon. Un chocolat et une limonade.

Quand ma limonade est arrivée, j'ai demandé :

– Allons-nous passer voir Mamie ce soir?

Ma mère a réfléchi un instant.

– Tu en as envie?

– Non, ai-je dit en baissant la tête.

– Tiens, a remarqué ma mère. Que se passe-t-il? Vous vous êtes disputées?

– Pas vraiment disputées, non. Mais elle pense que je ne l'aime plus. Elle croit que parce que je grandis, je l'aime moins. Elle croit que je l'oublie et que je ne veux plus la voir.

Ma mère me regarda avec une sorte de sourire triste.

– Ne t'en veux pas, dit-elle d'une voix curieusement douce. Mamie adore les enfants, mais elle a du mal à s'entendre avec les grands. Alors, parce que tu grandis, elle te reproche de t'éloigner. Mais ce n'est pas toi qui te sépare d'elle, c'est elle qui se sépare de toi.

J'étais stupéfaite. Je n'avais pas l'impression d'écouter ma mère ordinaire, mais une autre personne, plus attentive aux choses de la vie, plus proche de moi.

– Toi aussi, elle t'a reproché de ne plus l'aimer ? ai-je demandé.

– Très souvent, a répondu ma mère. Je me suis énormément occupée d'elle pourtant. Mais elle ne peut pas s'empêcher de se sentir abandonnée et de le reprocher durement à ceux qui l'entourent. Elle est un peu comme un bébé qui veut toujours qu'on le berce et qu'on le cajole. Voilà pourquoi peut-être elle s'entend si bien avec les petits enfants : parce qu'elle leur ressemble.

– C'est ta mère, pourtant.

– Oui, a dit ma mère d'une voix fatiguée. Ce n'est pas facile d'avoir une mère-enfant, crois-moi. Il faut souvent se montrer dure et décidée pour résister à sa méfiance et à sa jalousie.

– C'est pour ça aussi que tu es si dure avec moi ?

– Peut-être, approuva ma mère. J'ai été habituée à me méfier de l'amour. Je suis désolée pour toi, dit-elle en tournant sa cuillère dans sa tasse de chocolat.

– Mais alors, si tu te méfies de l'amour, pourquoi as-tu aidé Tim à retrouver Isabelle ? Parce que tu aimes beaucoup Tim ?

Ma mère sourit.

– Non. J'aime bien Tim, certainement. Mais pas au point de passer tant de temps à résoudre ses soucis. C'est pour toi, Suzanne, que j'ai monté tout ce plan. Parce que tu aimes beaucoup Tim. Pour réussir quelque chose avec toi. Et pour te montrer qu'il est possible de compter sur moi dans la vie. Je suis sans doute une personne dure, mais j'ai certaines qualités qui peuvent t'aider. Je voulais que tu le saches.

J'étais tellement étonnée par ces paroles inattendues que je restais muette.

– Ne te frappe pas, dit seulement Maman. Rien ne change entre nous. Mais garde à l'esprit que, si tu as besoin d'elle, ta mère se rangera toujours de ton côté.

Je sentis une grande bouffée d'air chaud me monter des pieds à la tête et je me trouvai d'un seul coup dans une situation très confortable. Pouvoir compter sur sa mère est un sentiment réconfortant. Mon regard errait çà et là, quand, par la vitre du café, j'aperçus Isabelle qui nous cherchait des yeux. Je lui fis un grand signe de la main.

– Tout va bien ? a demandé ma mère quand Isabelle est arrivée à notre table.

Isabelle a hoché la tête sans mot dire. On voyait bien au brillant de ses yeux que tout allait à merveille. J'ai envié un instant cette petite lumière qu'elle portait sur le visage.

– Parfait, a dit ma mère en rajustant son manteau sur ses épaules. Tout s'arrange. Il est temps que je file. À ce soir.

Elle a attrapé son sac à main, s'est levée et a quitté le café.

13

Où je découvre un troisième et dernier complot

Tim était réconcilié avec sa fiancée. La vie a donc repris son cours normal.

– *Hello* péronnelle ! me lançait-il triomphalement quand je sortais du collège les mardis et les jeudis.

– Quelques pains ? demandait-il cinq minutes plus tard.

– Quelles nouvelles de l'Inde ? poursuivait-il quand nous buvions notre thé.

– Sieste ou jeu de dames ? proposait-il enfin, sur le coup de six heures.

Pour m'assurer de son bonheur, je lui demandais de temps à autre.

– Tout va bien, Tim ?

– Oui ma charmante, tout va bien, répondait-il. Et vous, allez-vous ?

J'allais bien, en vérité. J'avais repris mes visites du mercredi chez ma grand-mère et mes tournées à la bibliothèque municipale. Je croisais de temps en temps ma mère – et plus rarement mon père – à l'heure du petit déjeuner ou du dîner. Je travaillais assez bien au collège. Mes notes en anglais étaient excellentes. La routine, quoi.

Je n'avais pas revu Isabelle. Je pensais souvent à elle, avec regret. À quoi bon rencontrer de nouveaux amis si c'est pour les perdre de vue aussi rapidement ? De temps en temps, je demandais de ses nouvelles à Tim. Il m'assurait qu'elle était en pleine forme. Si, si, vraiment. Quelquefois je me disais que j'aimerais la revoir, passer à nouveau un après-midi avec elle. Mais je préférais ne pas en parler. Je ne voulais pas l'ennuyer. Après tout, si elle le voulait, elle pouvait passer me rendre visite.

Je croyais que cette histoire était terminée et bien terminée. Mais je me trompais. Un soir, Tim m'a inquiétée. Il me regardait d'un air bizarre, à moitié souriant, à moitié inquiet. Il ne bavardait pas comme d'habitude mais sifflotait nerveusement la même petite rengaine entre ses dents.

– Te souviens-tu d'Isabelle ? m'a-t-il demandé alors que je lisais tranquillement

– Oui bien sûr, ai-je dit.

– L'aimes-tu assez ?

– Oui, je l'aime beaucoup.

Il s'est remis à siffloter. Puis s'est interrompu.

– Et les voyages ? Aimes-tu les voyages ?

– Oui, mais laisse-moi lire, je ne sais plus où j'en suis.

– Tu es désagréable comme l'éponge piquante. Je te laisse dans ton livre, forme de hérisson.

Quand Maman est rentrée ce soir-là, elle avait l'air très énervée, elle aussi. Elle avait à peine refermé la porte derrière elle qu'elle s'est mise à crier.

– Tim !

J'allais me lever pour lui dire bonsoir quand Tim a sauté sur ses pieds.

– Reste en place, mollusque. Je vais saluer madame Mère en personne.

Vraiment, je commençais à le trouver étrange. Avait-il encore réussi à se faire quitter par Isabelle ? Je tendais l'oreille, mais je n'arrivais à saisir que des chuchotements confus dans le couloir. La sonnette a retenti soudain. Cette fois, je me suis précipitée alors que Maman ouvrait la porte.

J'ai vu Isabelle entrer dans l'appartement et lui serrer la main.

– Suzanne ! a crié ma mère qui n'avait pas encore remarqué ma présence.

– Pas la peine de crier, ai-je dit en m'avançant pour embrasser Isabelle, je suis là.

– Viens avec nous, a ordonné Maman, nous avons quelque chose à te dire.

Tous les trois, ils sont entrés au salon. Je les ai suivis. Nous nous sommes assis à table et Maman a sorti du placard sa bouteille de porto et de petits verres.

– As-tu des projets pour les vacances de Pâques ? m'a demandé ma mère.

J'ai levé le sourcil. Je ne comprenais pas pourquoi d'un seul coup elle me posait cette question. D'habitude, c'est elle qui décide de ce que je ferai aux vacances. Elle était peut-être devenue complètement dingue.

– Non, je ne crois pas, ai-je dit d'une voix timide. Pas de projet en vue.

– Alors, écoute la proposition de Tim et Isabelle.

– Chère Suzanne, a dit Tim. Elle Isabelle, et moi Tim, nous allons rendre visite à mes parents pour les vacances de Pâques. Mes parents habitent une grande maison dans la campagne. Nous avons l'honneur de t'inviter à partir dix jours avec nous. Ta maman a dit « d'accord Tim ». Nous ferons le voyage en avion. Tu peux refuser.

– Mais nous serions très contents, ajouta Isabelle, que tu viennes avec nous.

Je secouais la tête sans parvenir à y croire.

– Vous vous êtes mis d'accord dans mon dos, en secret ?

– Eh oui, en quelque sorte, a répondu Maman. Nous avons fait un petit complot. Un autre petit complot.

Je me suis mise à rire.

– J'adorerais venir avec vous, je serais enchantée d'aller en Angleterre, je suis tellement contente que…

– Bien bien, a coupé ma mère en s'adressant à Tim et Isabelle. Elle est d'accord et en plus elle est contente. Vous l'emmènerez donc pour Pâques. Maintenant buvons un peu de porto à la réussite de ce voyage.

Je suis allée me chercher un verre de lait. Parce que le porto, il faut y avoir goûté pour savoir que c'est vraiment infect. Tout en sirotant son porto, Maman posait mille questions à Tim sur sa famille. Moi, je n'écoutais rien. Je rêvais déjà au voyage en Angleterre.

Quand Tim et Isabelle furent partis, je dînai. Puis je retournai dans ma chambre pour me mettre en pyjama. En soulevant mon couvre-lit, je trouvai un paquet enveloppé sur mon oreiller. Fébrilement, je déchirai le papier cadeau.

Dedans, il y avait un livre : *Tom Sawyer* de Mark Twain. Il y avait aussi une jupe longue, taille douze ans. Il y avait enfin une enveloppe, et dans l'enveloppe, une lettre. Voici ce que disait cette lettre :

Chère péronnelle,

J'espère que vous êtes furieuse de notre nouveau complot. J'ai mis beaucoup de temps pour préparer. Mais maintenant, tout est au point : bienvenue en Grande-Bretagne, dear *Suzanne. Je ne vois qu'un seul ennui à ton voyage… tu vas être obligée de parler anglais. Ne redoute pas trop ma compagnie, ni celle de l'insupportable Isabelle. Je te souligne que d'autres personnes chères à mon cœur pourront te tenir compagnie. Mon petit frère qui a douze ans par exemple. Mon poney qui a six ans, mon chien qui a deux ans. Mes parents qui ont quarante-sept et quarante-huit ans. Mon oncle, ma tante et ma cousine, qui a treize ans. Mes grands-parents. Mes perruches. J'espère que certaines de ces personnes mériteront un bol d'amitié, et peut-être même un petit verre d'amour.*

Je t'offre un livre de Mark Twain, qui malheureusement n'est pas anglais, mais terriblement américain. Je te souhaite autant de plaisir à lire l'écriture de ce type que tu en as eu avec notre ami Rudyard

Kipling. Isabelle t'offre cette jupe. Mais attention, elle est capable de t'offrir aussi un maquillage. Peut-être même des lunettes.

J'aurais aimé pouvoir t'emmener en Inde. Mais il me semble que tu es jeune pour courir les routes poussiéreuses. Il nous faut attendre quelques années encore avant de prendre l'avion pour Bombay.

Chère Suzanne, je crois très bien que des océans d'amour baigneront ton avenir de jeune fille. En anglais, il existe une expression qui dit « I cherish you like the apple of my eye ». *Le français traduit : Je te chéris comme la prunelle de mes yeux. C'est-à-dire comme un très précieux trésor. Voilà mon sentiment de toi. Reste mon amie, sorte de prunelle.*

Tim.

Avant de me coucher, j'ai caché la lettre de Tim dans mon premier livre de Rudyard Kipling, *Simples contes des collines*. J'ai rangé le livre dans le tiroir de mon bureau. Puis j'ai fait la liste de ce qu'il fallait que j'emporte dans mon sac de voyage. Enfin je me suis endormie, la lumière allumée, la joue écrasée sur mon nouveau livre.

J'ai rêvé du jeune frère de Tim dont le visage se confondait avec celui de Tom Sawyer.

« *Nos vies*, disait-il avec un sourire plein de tendresse, *nos vies recèlent une part de romantisme qui est juste ce qu'il nous faut, quelquefois un peu plus.* »

Du même auteur à *l'école des loisirs*

Collection Neuf

Et Dieu dans tout ça ?
Tu seras un homme mon neveu
La prédiction de Nadia
Le monde de Joseph
Babyfaces

Verte
Pome
Mauve

Collection Médium

Satin grenadine
Séraphine

Le journal d'Aurore
tome 1 : *Jamais contente*
tome 2 : *Toujours fâchée*
tome 3 : *Rien ne va plus*
et
l'intégrale en grand format

J'envie ceux qui sont dans ton cœur
Juke-box (recueil de nouvelles collectif)
Sothik

Collection Médium +

Les yeux d'or